JN111211

スクリーン 永遠の序幕

山田健太郎
YAMADA KENTARO

幻冬舎MC

スクリーン　～永遠の序幕～

目次

山崎　亮（やまざき　りょう）

18 歳高校生。今岡蒼斗の幼馴染(おさななじみ)であり同級生。山崎ＨＹＣ（福祉関連会社）会長の息子。優しく思いやりが強く、家が金持ちであることを感じさせない。

坂田博人（さかた　ひろと）

21 歳。今岡蒼斗の先輩。今岡蒼斗と同じ高校出身。ヨシカズ電工で働く。口数は少なく愛想も良くない。しかし、的確な指示を出すため周りに敬遠されつつも頼られている。蒼斗とはサッカー少年団からの関わりがある。

泉　直弥（いずみ　なおや）

17 歳。泉有希の弟。素直であるが、思ったことをストレートに表現する。そのため人当たりが悪く、心遣いがないように感じられる。父子家庭。

小川　陸（おがわ　りく）

28 歳警察官。人情味があり、言葉遣いも丁寧。行動からも優しさが滲(にじ)む。目的達成のための努力をいとわない。

香原弁護士

42 歳。有希の担当弁護士。正義と現実の狭間で悩みを抱える。サポートステーション弁護士の会に所属していて弱者救済のために無料同然で仕事を受けることもある。

大貫　滉（おおぬき　あきら）

謎の人物。

スクリーン　～永遠の序幕～

主な登場人物

今岡蒼斗（いまおか あおと）

18歳。本作品主人公。高校生。真面目ゆえに考えすぎる。不安を感じやすく、内省的な性格。しかし、一定ラインを越えると悩むことを放棄する。

泉 有希（いずみ ゆき）

20歳。今岡蒼斗の恋人。蒼斗と同じ高校出身。明るい性格で基本的には前向き。蒼斗の心の弱い部分をよく知っていてサポートが上手。有希の自殺から物語が始まる。父子家庭。

プロローグ１

「離して！」

有希の怒り溢れる一声に驚き、俺は一瞬手を離してしまいそうだった。眼下に広がる絶壁を見ると手足がすくみ、思うように力が入らない。構えにも見える波が怒号のようなしぶきをあげる。ここで力尽きたら、俺は一生後悔する。揺れる焦点を手に合わせ、渾身の力で一気に有希を崖上まで引き上げた。

「どうして助けるのよ」

有希が顔を覆って泣き出し、俺は我に返る。再び有希が飛び降りたら今度こそ助けられない。

「とりあえず帰ろう」

無理やり有希の手を掴み崖から離れる。有希と繋いでいる手に全神経を集中させる。思いに反して、有希は怖いほど素直に付いてきてくれる。死の淵にいた有希の精神状態は見当もつかない。

「有希」

頑張って声をかけた。

「何？」

淡白で冷たい。

「なんでもない」

言葉のかけ方が分からず、俺は黙る。人通りが多く賑（にぎ）やかな道に入った。俺の手は確実に有希の手を掴んでいる。しかし、本当に有希が隣にいるのか分からなくなる。

ぎこちない横目でなんとか有希を見ると不満そうだ。自殺しようとした人が生還すると、こんなにも不機嫌なんだろうか。もっと取り乱したり、自責の念にかられたりするものだと思っていた。

「また、今度な。とりあえず、ゆっくり休んで」

自分でも何を言っているのか分からない。返事のない有希が家に入るのを見届けた。

有希は父子家庭で弟と3人で暮らしている。

「おかえり」

家の中から声がする。この出来事を伝えてから帰るべきだろうか——。迷うと自然とその場を離れてしまう俺は、いつものように何の報告もせず立ち去った。

夕日に照らされる自分の影を追う。重い荷物を運んできたかのような疲労感だ。またいつものように視界の外側に軽い砂嵐のようなノイズが走る。

「ただいま」

脳裏で有希の家の中からの返事が聞こえる。有希はなぜ自殺しようとしたのだろう。今は不思議と有希が再び飛び降りる気はしていない。

俺の前で自殺して見せたかった？　いや、考え過ぎだ。楽観的なのか悲観的なのかも分からない。

「あら、どうしたの？　今日の夕食は蒼斗の好きなカツのミルフィーユよ」

「ごめん、食欲がなくて」

2階に上がる。こんなときは寝てしまうのが一番だ。天井に向かってため息をつく。明日になったら嫌な夢だったと目を覚ますだろうか。両手を顔の前に持ってきた。真っ赤だ。目を閉じると崖下のしぶきが見える。まるで有希と一緒に落ちたみたいだ。こんな時の想像力は豊かであり、綺麗な光景を作る。そして、心拍数が上がり、胸が締めつけられるように痛む。それでもどっと疲れが出て、現実逃避を認めるように天井がぼんやりとしていくのが分かった。

スクリーン　～永遠の序幕～

「起きなさい」

誰？　淡々とした男の声。親父の声ではない。おぼろげな視界の端に両親がいる。

「起きなさい」

まだ暗い。学校へ行く時間とも思えない。やはり聞き覚えのない声だ。両親の横には、数人の警察がいる。

「え」

驚いて飛び起きると取り押さえられた。

「今岡蒼斗（いまおかあおと）、18歳、10月8日午前5時、泉有希（いずみゆき）殺人未遂容疑で逮捕する」

両親の心配そうな顔を見ても、なんの感情も湧いてこない。警察官が業務的に逮捕状を見せる。しかし、俺は呆然（ぼうぜん）とするだけで瞬きもできず、否定する言葉も口から出てこない。

警察官と両親が何か言葉を交わしている。

突然心臓がドクンという音を立て、早鐘を打つみたいに動悸が止まらなくなる。心音は徐々に高鳴り、異常な速さまで加速する。

《カチャ》

手錠だ。ずっしりと重い。手錠の音と重さが硬直していた俺に現実を告げる。それから縄のようなものを腰に巻かれた。

〈俺はやってないから大丈夫〉

両親にこの一言だけでも言って家を出たかったが、いかにも「やりました」とでも言うようにうつむき、俺はおとなしくパトカーに乗り込んだ。

「これから千鶴警察署の留置所に入る」

そう車内で告げられた。

頭の中は白一色であり、時刻の感じ方は一瞬だ。まるで信号一つで警察署に着いたかのようだ。

「ここが留置所だ。まずこの服に着替えなさい。その後で身長体重を測る」

俺はまるでロボットだ。何しろ実感が湧かない。しかし、それも束の間だった。着替え終わった自分の姿が、殺人未遂事件の容疑者であることをはっきりと告げていた。

「さあ、それではこちらに来なさい」

机を3つ4つ置けばいっぱいになってしまいそうな狭い部屋だ。机の上には紙のようなものとノートパソコン、そしてプリンターが置いてあり、刑事ドラマに出てくるイメージとは随分違う。窓もなく、殺伐とした雰囲気だ。ようやく手錠が外された。

「蒼斗くん、動機を教えてくれるかな。なぜ有希さんを崖から突き落としたのかね？」

「え、待ってください。俺が有希を突き落としたんですか？　有希がそう言ってるんですか？」

やっと言葉が出た。

「君以外に誰がいるんだ」

一瞬警察官も驚いたように見えた。しかし、その目は俺を軽蔑している。

「改めて聞く。動機を教えてほしい」

「そんなこと、俺はやっていません。何かの間違いでは、ないですか」

自分でも弱々しく感じる。そして、その弱さを証明するようにうつむく。

「昨日のことくらい覚えているだろう？」

「なぜ、俺が逮捕されるのですか？　何もやっていません」

苦し紛れに言ったものの、相変わらず俺の声は小さい。これでは自覚はあるが事実を認めない幼稚な犯人のようだ。

「君、今の状況を分かっているのかね？」

警察官は苛立つというより呆（あき）れている。警察官の気持ちも理解できるが、自分でも状況が分からないのに満足な説明などできるわけがない。

「蒼斗くん、キミのためにも正直に話しておいたほうがよいと思うがね」

嫌味を言われている。俺がやったと思っているに違いないし、何かしらの証拠が出ているのだろう。落ち着いて考えようとしても戸惑いが先行する。

今は警察署にいて尋問を受けている。しかも有希の殺人未遂。冷静に考えろというほうが無理だ。俺は無意識にゆっくりと立ち上がっていた。周りの警察官は慌てているようにも臨戦態勢に入っているようにも見える。

「すみません。この縄を外してもらえませんか。落ち着いて考えられません」

引っ張られた腰縄を指す。俺はアッサリと言われてしまった。

「ダメだ」

せめて自分の中でこの状況を整理しよう。ひたすら比喩のように感じ、重ねて己を客観視している理由が少しだけ分かった。俺はこの一連の出来事をまだ他人事だと思っている。

というか、現実を受け入れたくないだけだ。

俺を犯人だと思っている警察官にまともに応対すべきなのか。推理ドラマではないが、何か自分が犯人でない証拠を探せばよいのだろうか。


――昨日までのことを思い出そう。先週の日曜日、先輩の坂田さんからの電話が鳴った。

「蒼斗、久しぶり。有希さんから伝言だ。10月7日16時にアラビリの丘で待っているって。ちゃんと伝えたからな。行けよ」

「あ、はい。分かりました」

そういえばこの時は、今どき連絡手段なんていくらでもあるのに、なぜ伝言なんだろうと違和感を持った。でも、何かのサプライズなのかなと少し期待もした。だから、当日は早く着きすぎないように時計をマメにチェックしたのだ。

到着すると有希が崖のほうを向いて立っていた。アラビリの丘は映画の撮影にもよく使われる。有希の先に見える海を見ながら綺麗な光景に心奪われた。

「やあ、有希。どうしたの?」

カモメが一羽横切る間(ま)を空けて有希が振り返る。そしてさらっとフルートみたいに言った。

「別れてほしい」

「え」

期待と真逆の内容に足が一瞬浮いた気がした。

「お願い」

ここまでの会話は鮮明に覚えている。その後、有希が聞き取れないほど小さな声で何かブツブツ言いながら、おぼつかない足どりで崖のほうへと歩いて行ったのだ。

「危ない！」

間一髪有希の手を掴む。手を離せば有希は崖下に真っ逆さまで、下手すると一緒に落ちそうだ。崖下で轟く波音を思い出し、あの時の嫌な心臓の音が蘇る——


「おい！　聞いているのか？」

声に驚く。有希の顔が警察官に変わる。警察官にこんな説明をしても納得してもらえるわけがない。首を軽く左右に振る。

「何か言ったらどうだ？」

俺は口を閉ざしているわけではない、本当に分からないのだ。

「とりあえず一旦切ろう。これだけ黙り込まれたら埒があかない」

別の警察官が入ってくる。再び手錠をかけられ取調べが終わった。

やっぱり俺は嫌なことがあると逃げてしまう。中学校の面談での先生の言葉を思い出した。

「蒼斗君はポジティブに言うと切り替えが上手だと思うよ。違うことにエネルギーを注いで落ち込み過ぎない。最近は落ち込み過ぎる生徒が多いから、それくらいでいいと思うよ」

ただ、警察署内での取調べとなると八方塞がりだ。また昨日のように「この悪夢はすぐ覚めるだろうか」と考えることくらいしかできない。

寝ようと思っても寝られない。ため息ばかりが出る。

※

翌日朝6時半に起こされた。普段と違う天井に現実を示される。

「掃除をしなさい」

ほうきと塵取り（ちりとり）を渡された。

〈逮捕されるとこんな生活なんですね。まだ容疑者なのに〉

俺の心の中の声だ。

「8時に朝食だ。それまでおとなしく過ごすように」

〈俺はずっとおとなしくしていると思うけど〉

もちろん、これも心の中だ。自分の性格が情けなく嫌気がさす。言いたいことの90％が言えない。このままここにいると自分をどんどん否定していきそうだ。

天井が見覚えのあるものになっていくことが怖く、憂鬱である。

当然、今日の取調べでも同じ質問と回答が繰り返される。

「もう一度聞く。なぜ有希さんを突き落としたのかね？」

「突き落としていません」

長い一日が始まったことに変わりはないが、不思議と昨日より落ち着いている。

「蒼斗くん、キミの話によると、蒼斗くんは崖の上で有希さんに別れてほしいと言われた。その後、有希さんが崖から飛び降りようとしたから助けた。自分で言っていておかしいと思わないのか？」

「おかしいです」

警察官はまた呆れたような顔をする。調書作成に協力していないわけではない。しかし、参考になっていないのはよく分かる。

――有希とは2年前に知り合った。同じ瑛心（えいしん）高校のテニス部で2つ上の先輩だ。テニス部といっても部員が少なく、男女が同じコートでテニスを楽しむ同好会みたいなものだ。瑛心高校は部活の掛け持ちができる。有希は演劇部に本腰を入れていた。7月の文化祭公演を見て、有希への想いを自覚した。楽しそうにテニスをする有希と一生懸命演技をする有希を見たからだと思う。

でも、俺は意気地なしで告白する勇気なんてなかった。後から有希から聞いた話では、俺の気持ちに気がつき、その時から有希も俺を意識してくれたという。そして、有希から誘ってくれるようになり、1年生の秋頃には付き合い始めていた。小心者の俺には、こんな幸せなことはない。それから2年、大きな喧嘩もなく、有希が就職してからも順調な関係が続いていた――

そう思っていたのは俺だけだったのか？

何か嫌な思いをさせていたのか？

それとも有希は何か悩んでいたんだろうか？

思いもよらない別れ話であり全く見当がつかない。俺が高校を卒業したら、それを機に結婚しようとまで話していた。先月、誕生日を祝ってくれた時だって、こんな事態は想像もしていなかった。それどころか、有希の変化に全く気付かなかった。警察官の質問には答えず、黙々と考えだしていた。

「聞いているのか？　何度も言うが黙秘なんてしても為にならないぞ」

怒鳴られるようにして取調べが終わる。この先どうなっていくのだろう。急に転てつ器で線路を切り替えられた列車のようにどこを走っているのか分からない。その上、ブレーキまで壊れている。

確かに俺は急に別れ話を切り出されて若干自暴自棄になった。しかし殺人なんて考えるだけでぞっとする。考えれば考えるほど積み木を崩していくようだ。自覚がない分、現実との狭間に立たされ発狂しそうだ。

今日はいつものノイズ画像が目を閉じていても見える。

外の景色

6時半に起こされた。もう「夢だったらよかったのに」とは思わない。この変化が怖い。「少しずつ現実を受け入れ始めている」と感じることが嫌だ。そのため俺の心は取り調べを求めている。でも、今日はなかなか呼ばれない。

9時。時計ばかりを気にする。しかし、取調室に行ったところで何が叶うのか。新事実が発覚していて事態は急展開、取調官も笑顔になって俺は釈放？　あり得ないことにどうしてこれほど期待してしまうのだろう。

皮肉なことに、悩んでいるほうが時が経つのが早く、そして苦痛度も少ない。

「出なさい」

時計の針が11時を指した頃、ようやく警察官がやってきた。うつむきながら付いていくとなんと外だ。パトカーが停められている。

「乗りなさい」

不安だ。でも、この心境を伝えることは到底できない。俺は手錠をカシャカシャと動かす。この行動は警察官にとって不快なのだろう。睨まれているのが分かる。

「さあ、着いたぞ。裁判所だ」

完全に思考が停止した。ここで俺の人生が決まる。

「あ、はい」

「多分そうです」

何を答えているのか、自分でもよく分からない。相当な時間が経ってやっと現実味が湧いてきた。

「す、すみません。俺、有罪でしょうか？」

「先ほどもお話ししましたが、今は勾留延長の手続きをしています」

「勾留延長の手続き、ですか」

急激に恥ずかしさがこみ上げてくる。

「弁護士はどうされますか？」

両親の顔が頭に浮かぶ。

「お金がないのでいりません」

「それでは費用の掛からない国選弁護人への依頼にしますね。貯金はいくらありますか？」

「バイトもしたことないですし、今までのお年玉を貯めた10万円くらいならあると思います」

「それではこの書類を書いてください」

勾留延長の手続きに国選弁護人、まるで社会科見学だ。そしてやはり不気味なほど他人事である。

「それでは警察署に戻ってお待ちください」

パトカーの中では心の中に僅かな晴れ間ができていた。さっきまでは闇の中を彷徨っていたのに、今は少しだけだけどあるべき方向に進んでいる——そんな感覚が顔を上げさせる。

《外の世界は綺麗だろう?》

突然景色が囁いた気がする。

《外の世界は至極当たり前に時を刻んでいる》

日常を遮断されていたことを痛感する。

《つまり、お前が存在しようがしまいが、外の世界にとっては何一つ関係がない》

「嫌だ!」

両側にいる警察官の軽蔑的な目が俺を縛る。

「すいません」

俺は孤独感に苛まれ震える。俺の世界と外の世界がバラバラになっていくようだ。先ほどの声は紛れもなく脳内で語る俺の声だった。

※

どれだけの時間か分からないほど、俺は壁を見て立ち尽くしている。

「こんにちは。蒼斗くん」

気さくに話しかけてくる警察官に気味悪く感じた。

「こ、こんにちは」

「はじめまして。私は小川陸と申します」

なんて丁寧な人だろう。

「先ほどの延長手続きの結果を伝えに来ました。10月20日まで拘束されます。あと、本日取調べはありません」

「取調べがないんですか」

変なことを言っている。ただ、今は人と話がしたい。社会から切り離されている感覚を持ちたくない。

「退屈でしょう、ついてきなさい。それほど種類はないですが、図書室で1日1冊まで本が借りられますよ」

久しぶりに優しさに触れた気がする。小川さんは、どの容疑者にも同じ案内をしているのかもしれないが、俺を人として扱ってくれている。今は何もしない時間が一番辛い。

「あちらの奥に人気の小説が並んでいます。よかったらどうぞ」

図書館のバックヤードの方を指差す。ゆっくりと周りを見渡しながら進む。普段はそんなに使われていないんだろう。進めば進むほど埃っぽい。背後からカチャっという音が聞こえた。

「小川！　角田須区で応援要請だ。代わるから行きなさい」

「はい」

小川さんは駆け足で出ていった。横顔はどこか物寂しげである。いや、俺が小川さんとの話を望んでいただけだ。その思いを勝手に小川さんに投影している。こんな感情が生まれてくるのは「もうこれ以上自分を傷つけたくない」そんな心の作用なのだろう。

「あの……、人気の小説はどれですか？」

奥まで行き過ぎたのか、何かの資料のようなものしかない。

「何でもいいだろ。だいたいは、入り口付近から適当に持って行くのが通例だ。さっさと決めろ」

警察官にもいろんな人がいる。分かってはいるが、どうしても蔑視されているように感じる。喉につかえる思いを呑み込むしかない。

入り口付近まで戻り、数冊の本を手にとる。

『リナイズム〜澄心(ちょうしん)を抱く虹輪(はろ)〜』『six sence is yos-ke』『奏汰のメグ単位』『ハルキの指先(フレミング)』

　こんなときですら決められない。しかし隣から威圧感を感じる。あらすじも確認せず最も厚い本『ハルキの指先(フレミング)』を選んだ。

　部屋の壁にもたれ本を開く。普段漫画ばかり読んでいたから、活字だけの本を読むのは少し新鮮だ。しかし、10ページと進まないうちに止まる。主人公の名前が「坂田」なのだ。何度も最初から読み直したが、坂田という名前が出たとたん、俺は本を閉じた。

　アラビリの丘へといざなった坂田さん。無意識ながら心の奥へと追いやっていたのだろう。

――坂田博人(ひろと)、3つ年上の先輩で同じサッカー少年団にいた。愛想も悪く少し苦手な先輩だ。会っていても気を遣ってばかりで楽しくない。しかし、言葉数は少ないものの俺の欲しい言葉をくれる。そのため困ったときは頼ることもあった。坂田さんも同じ瑛心高校で有希の1つ上の先輩だ。坂田さんは俺がフラれることを知っていたのだろうか。そう思うと急に怒りが込み上げてきた。思い返してみると今までいろんな相談をした。卒業後の就職のことも有希との結婚のことも。いつも俺の相談に他人事のように返答していたが、有希のこととなると少し違った。とても親身というか、交際をあまりよく思っていないようだ……。坂田さんが有希に俺と別れるように助言したのだろうか。それを有希は実行したのか。考えるほど嫌になる。もしかして坂田さんは有希のことを……。

自分の中に生まれてくる感情を鎮めようと深呼吸を何度もする。ひたすら自分をなだめる戦いだ。皮肉なことに、本を読むより時間が経つのが早かった。

※

10月11日6時半前、刑務官に起こされる前に自分で起きた。遂にこの生活にも慣れてしまったということなんだろうか。今日こそ取調べがある。人と話せると思うと嬉しい。たとえそれが尋問であっても構わない。何か進展があるかもしれない。しかし、既に10時である。

「今日の取調べは何時からですか?」

「昨日も伝えてあるように、土日、祝日の関係で14日まで取調べはない」

そんな先まで放っておかれるのか。唖然(あぜん)とした。取調べをしないことで精神的ダメージを与え、結果として自白を促すという作戦なのかもしれない。昨日の小川さんの優しさもこのもどかしさを強めるための一環ならつじつまが合う。

「正直に話をするので取調べをしてください」

俺はまた変なことを言っている。

「昨日も伝えたが、今後の事情聴取等は我々警察ではなく検察に代わる。検察の方々は土日、祝日は取調べを行わない」

自分にがっかりする。全くと言っていいほど話を聞いていなかった。もはや恥ずかしさなど微塵（みじん）もなく、警察官が俺に対して抱く嫌悪感にすら同調でき、有希が別れたくなる気持ちまで分かるような気もする。

今日はもう会話をすることはない。そう考えるだけで、不安の闇に呑み込まれる。そして再び「俺がいなくても社会は平然と回る」という死の宣告をされるのだ。

読書を満喫する余裕などない。今は「仮にも」や「もしかしたら」などと想像ばかりしてしまう。取調べを自分から希望するなんて、どう考えても普通ではない。俺は今、自分が思っていた以上に人と関わっていたいみたいだ。

新しい感情さえも生まれてくる。本当に殺意は無かったのか。

※

翌日。天井をぼーっと見続ける。

「すみません。冷たい水をください」

「無意味な妄想」を「意義ある妄想」に置き換える。検察官をがっかりさせないよう、この時間を使ってアラビリの丘での出来事を思い出そう。巻き戻して見る映画のように、今度は目を背けることなく最初から向き合う。自分でも驚くほど不気味なポジティブさである。やっていない証拠、もしくは目撃者などいなかっただろうか——。

そうだ、有希を崖から離れさせようとした時、俺の視界に入った人物がいる。有希の弟だ。しかし、これは明らかなるマイナス要素である。


「姉ちゃん、誰そいつ?」

——泉直弥（なおや）、17歳。坂田さんとは比にならないほど愛想が悪い。

今から約1年半前、初めて直弥に会った時のことだ。俺たちは繁華街を歩いていた。

「直弥、そういう口の利き方やめなさいって言っているでしょ。ちゃんと挨拶して」

「へえ、姉ちゃんって面白い趣味してんね。じゃ」

初対面の印象は最悪だった。

「ごめん、蒼斗。お母さんが死んじゃってから急に性格が荒くなって。素直で優しい弟だったんだけど」

「大丈夫だよ。有希がそう言うなら、いつか仲良くなれるさ」

本心ではないが、有希の困った顔を見るとこう返事するしかなかった。それからというもの、直弥に会うたびに優しさとは無縁なことが分かり、むしろ何を考えているのか分からないやつだという思いが増幅していくだけだった。

そうか。逮捕に至った経緯が見えた。直弥が通報したのだ。離れたところからあの状況を見ていたら、勘違いするだろう。検察官には直弥の通報に関する説明をしよう。直弥の通報と俺の言い分、あとは有希の説明を照合してもらう。少なくとも合致するだろうし、それだけで俺の無実は証明できるかもしれない。

※

10月14日。期待して迎えた朝だ。

「はじめまして。検察官の只野夏海(ただのなつみ)です」

「はじめまして。今岡蒼斗です。よろしくお願いします」

一緒に謎を解明していこう、そんな気持ちで臨む。

「警察が作成した調書を基に話をさせていただきますね。書かれている様子より、今岡さんはとても友好的ですね」

「ありがとうございます」

　自分でもハキハキと話している。

「それでは本題になります。動機を教えてもらえないでしょうか？」

「いや、それは誤解です。俺を通報したのは泉直弥だと思います。直弥は勘違いしています。直弥の位置から現場検証していただくことはできないでしょうか？」

　胸を張って言った。

「いいですか？　私の質問に答えてください。なぜ有希さんを突き落としたのでしょうか？」

　俺の心は、またしても「現実」という実態のない壁に押し潰された。検察官の声色を聞いて分かったことがある。俺は未確定なものを見出し期待する。更にはその物語を勝手に膨らませる癖があるのだ。不快な目覚めだった。つまり、俺は止まっている、そして社会は進んでいる。これだけは痛感させられた。

「どうしましたか？　動機を話してもらうことはできませんか？」

　只野さんは一緒に謎を解明する気ではなく自分の仕事を全うしているだけだ。俺はまた黙り、ぼんやりと一点を見つめ続ける。

「先に弁護士の方とお話をしていただきましょう」

只野さんが横にいた人に言う。弁護士という言葉を聞いて大きな可能性を感じる。弁護士にこの状況を話せばきっと分かってくれる。それを俺の代わりに上手に伝えてくれる。

「はじめまして。弁護士の加藤と申します。君の弁護をするからには、正直に話してもらいたい。それを基に刑を軽くするよう要望します」

俺は無罪を訴えたいのに、すでに有罪のレールを敷かれている。弁護士との面会というのは名だけで、取調べと何も変わらない。こんなに否定的に考えてしまう俺は間違っているのだろうか。やっていないのにやったと答える人がいる気持ちも分かる。なにより辛いのは、この狭い空間を含め、この世は「当たり前」という秒針を淡々と苦なく押し進めていることだ。先日の裁判所からの帰り道。あの日、車から見た外の景色は驚くほど綺麗だった。子供を連れたお母さんが歩いていて、年配の方がゆっくり横断歩道を渡る。こんな日常生活が本当に羨ましい。部屋で丸くなって素直にそう思いながら笑ってしまった。そんな自分が滑稽に見えるのだ。

ドミノのように、ゆっくりと、しかし着実に心が崩れていく。そして、並べた牌（はい）が倒れる度にいつものノイズが視界に走った。これほど規律のあるものは初めてだ。

※

10月18日20時。見慣れた天井だ。これほど気の緩んだ生活をしていていいんだろうか。逮捕されてからもう10日も経つ。明後日が勾留期限。勾留期限を迎えると一体どうなるんだろう。

突如胸が痛くなる。心臓の音しか聞こえない。

俺はずっと自分の記憶だけにすがっていた。いつか釈放されるという期待があり、この状況を他人事のように考えてきた。しかし、現実は社会と10日も切り離され、何も変わらず今がある。やっていないことを証明するものは何一つない。冷静に考えると逮捕状まで出ているのだから、直弥の通報だけではなく、俺が犯人であるという証拠もあるはずだ。急に床の冷たさが心の底にまで伝わってくる。

《無知ならば、その無知も罪》

留置所そのものに、そう告げられた気がする。しかし、これも聞き覚えのある声だ。途端に俺を取り巻く温度、周囲の音、壁の色、あらゆるものに蔑（さげす）まれていく。記憶が現実と異なる可能性はどの程度あるのだろう。手が無意識に震える。深呼吸して落ち着こうとしたが、有希を突き落とす光景が浮かぶ。震える両手は突き落とした感触を思い出し、徐々に自責の念が湧き上がってくる。

「俺はなんてことを」

自然と呟(つぶや)いていた。明日、正直に突き落としたと話そう。そう思うと不思議と心中穏やかになる。留置所に入って初めて肩の力が抜けた。今までの偽物の安堵(あんど)とは桁が違う。俺のやるべきことは罪を償うこと。今までの辛さは事実を受け入れなかった自分のせいだ。紛れもなく精神が安定している。そして心を崩すドミノが止まる。

哀しみの原野にくさびが入り前向きな気持ちへと色を変える。

今日は本当によく眠れそうだ。

自白の決意

10月19日朝7時。俺は、かつてない覚悟を抱いている。

「結婚までしようと思っていた有希に別れを告げられ、生きる希望を失いました。有希が他の人と幸せになると思ったら、その悲しみが怒りに変わり、あろうことか有希を崖の先に突き落としました。でも、人殺しになる勇気もなく、とっさに有希の手を掴み助けました」

口に出して練習をする。この先を受け入れて前へ進む――自分にそう言い聞かせている。

コツコツと響く警察官の足音が近づく。ボリュームを増していくカウントダウンの音に不安も連動するが、不思議と心の芯は平静を保っている。

「今岡蒼斗、10月19日。午前9時不起訴にて釈放。外に出なさい」

耳を疑い、言葉が出ない。安堵の気持ちもない。自白しようとすると釈放されるなんて、いったいどうなってるんだろう。早くしなさいという眼差しの警察官にやっとの思いで声をかける。

「すみません、不起訴ってどういうことですか？」

「不起訴は不起訴だ」

「俺の思いが通じたってことですか？」

「容疑は晴れている。思いが通じるとか感情的な話ではない。本件は泉有希さんによる虚偽申告として別の捜査が行われている」

「虚偽申告ってどういうことですか？」

「有希さんが事実と異なる被害届を出していたということだ」

「有希からの被害届が出ていたんですか？」

警察官は怪訝（けげん）そうな顔をする。

「何を言っている。何度も話しているぞ。我々は事件翌日に逮捕状まで用意しているんだ」

青くなっている俺に警察官が続けた。

「有希さんの弁護士から面会を求められている。これは署内で行うことではないので各自でやるように」

思考回路が停止しているというより、俺はまた逃避してしまいそうだ。有希に逮捕されるように仕向けられていた――放心状態のまま手続きを終え警察署を出た。


何の隔たりも拘束もない状態で見上げる空は綺麗で眩しい。しかし、求めていた輝きとはまるで違う。タイミングを見計らっていたかのようにスマホが鳴った。

普段見知らぬ番号から電話がくることなんてない。出るべきか躊躇しているうちに切れてしまった。

〈警察官の言っていた、有希の弁護士からの連絡だろう〉

電話に出なかった自分に情けなさを感じる。こんなことだから有希に嫌われたのかもしれない。自分に対する怒りに押されるように、俺は電話をかけ直した。

「はい。香原弁護士事務所です」

「あの……今こちらの番号から電話を頂いたのですが」

「お名前を伺ってもよろしいでしょうか」

「今岡蒼斗です」

「少々お待ちください」

想像通りの相手と規定通りの会話なのに息切れする。事件のことが一つ、また一つ進む。

「はい。お電話代わりました。弁護士の香原と申します。有希さんの件で誠にご迷惑をおかけしました。直接お話しさせていただきたいと存じます」

有希という言葉を聞いて心が強く音を立てる。警察署内の尋問中にも何度も出ていた名前だけど、こんな嫌な音を立てたことは一度もなかった。

「はい。俺も、話したいです」

いつも通り心にもない返答をする。

「ありがとうございます。それではこちらの事務所に来ていただくか、こちらから今岡さんのご自宅に伺います」

無意識に目を閉じる。どうして俺の心はこんなにも気味の悪い音を立てるのだろう。

「あの、有希は？」

「本当にご迷惑をおかけしました。詳しいことは直接お話しさせてください」

「そうですか。分かりました。自宅は嫌なので、こちらから行かせてください」

「ご希望の日時はございますか？」

「いつでも構いません」

有希は被害届を出した。それが虚偽だったのだから、俺は無実だ。疑問は何一つないはずだ。では、どうしてこんなに俺はうろたえているのだ？

「それでは明後日10月21日の午後5時はいかがでしょう？」

「はい。伺います」

電話を切ると、振り返って千鶴（ひづ）警察署を見渡す。有希はどこで何をしているのだろう。釈放されたという喜びは皆無だ。社会と繋がった瞬間日常に流される。自分の不甲斐なさを再認識しただけである。


青空の下、手を取り合って横断歩道を渡る年配の夫婦を横目に歩き出す。ずっと見たかった光景のはずなのに、俺の足どりは重い。太陽に照らされた俺には、はっきりとした影ができる。その影をじっと見つめることしかできない。

たった一つだけ解決したことがある。有希が俺を「伝言」で呼び出した理由だ。時間を指定して呼び出せば、崖の先に有希が立ち、俺を迎えることができる。突き落とされるために重要なシチュエーションを、スマホに証拠を残すことなく作ることができる。

ただいま

釈放された後、まず亮の家に向かった。

――山崎亮18歳。同じ瑛心高校の同級生で、小中学校も同じ幼馴染である。親は山崎HYCの会長だ。山崎HYCは社員三千人以上を抱える福祉事業を行う会社である、といってもこの事実を知ったのは瑛心高校に受かった時のことだ。

「なんだ、この家！」

俺の目は真ん丸だった。

「お帰りなさい」

「は、はじめまして。お母さん」

「いえ、私はこの家のお手伝いをしております、石田です」

「お手伝いさん」

この日、受験に受かったことより、亮の家のスケールの大きさに驚いた。

「待って、今までの家は？」

「仮住まいの借家になります。旦那様が新機器開発のため昼夜問わず作業をしたいということで、この家は10年ほど会社の一部としておりました」

石田さんが答えた。

小学校以来の親友でありながら、亮の家が金持ちだと気づきもしなかった。同時に、そういう雰囲気を一切感じさせなかった亮を心から尊敬した瞬間だった。それから何度か家に行ったことはあるが、両親は仕事で忙しいのか一度も見たことがなかった。

亮の家の前に立つ。何度見ても驚くほどの豪邸だ。石田さんがニコっと微笑んでくれ、亮の部屋に案内してくれた。

「よう。お前大変だったな。大丈夫か？」

亮はいつも通り接してくれる。今はこれが一番嬉(うれ)しい。

「ああ、いろいろ分からないことだらけだよ」

俺はため息交じりにうつむく。

「びっくりしたぞ、突然逮捕されるなんて。まあ、お前が殺人なんてできるとは思ってなかったけどな」

からかうような慰め方だ。

「ああ」

どうも調子が出ない。やっぱり殺人容疑で逮捕されたことは知られている。学校の皆もどこまで知っているのだろう。いつも通り接してくれる友人がいることは嬉しいが、くつろげない。

あれだけ留置所にいたにもかかわらず実感は薄い。この先の不安だけでなく、事の重大さがそうさせるのだろう。俺と亮は二人で無言なことはよくあった。しかし、今は亮が俺のことをどう思っているのか気になり、まともに顔を見ることすらできない。

「お前、うまいもの食べてなかっただろ？」

亮は急に部屋の外へ行きロールケーキを持ってきた。

「ありがとう」

亮の優しさを噛みしめるように口にした。

「うまい」

漏れた声に恥ずかしくなる。さりげなく顔をあげるだけで精一杯だ。

「親父さん、お袋さんには会ったのか」

亮は俺を気遣っているのか、こちらを見ず、手元の雑誌を見ている。

「いや、まだ」

「なんでだよ。普通最初に家に帰るだろ。どうして俺のとこに来るんだよ」

亮の言うことはもっともだ。だが、家にどんな顔して帰ればいいのか分からない。

「仕方ないな。行くぞ」

亮は雑誌を閉じる。俺の気持ちが伝わっているようで頼もしい。

「なんだか帰りたくないな」

また心の声が漏れる。

「何言ってんだ？　お前何もやってないんだろ？　胸張って帰ろうぜ。親父さんもお袋さんも絶対分かってくれるって。そういう人たちだから大丈夫」

亮は俺を一生懸命勇気づけてくれている。亮は俺の両親のことをとても慕ってくれている。両親と俺と亮の４人で出かけたこともある。この亮の何げない言葉は本当に心強い。

斜め前を歩く亮の横顔は凛々(りり)しく、俺よりずっと遠くを見ているようだ。


「ただいま」

自分の声が小さいと思った。

「おかえりなさい」

ほぼ真下を見ていて先に進めない。

「なに突っ立ってるの？　早くこっちにいらっしゃい」

奥から覗き込むように顔だけ出して母さんが呼ぶ。

今岡美和48歳。ファミレスでパートをしている。人と関わるのが好きで、俺と違って話も上手だ。基本的には温厚な性格だが、怒ると怖い。

「あの、俺」

「家に帰ってくるのにそんな気を遣う人がいますか」

あなたの性格は分かっている、そう言うようにキッチンに行ってしまった。亮が先に入っていく。

「さっすが蒼斗のお母さん、いつも思うけど俺もこの家の子に生まれたかったなー」

「亮くんも大きくなったわね」

「もう18っすよ。大人、大人。ねえ、おばさん。今からでもこの家の住人になっていいっすか？」

おちゃらけた様子の亮がリビングであぐらをかいて背伸びをする。

「ええ、亮くんならいつでも歓迎よ」

亮が俺を見てニヤリとした気がする。この会話は安らぐ。徐々に気持ちが緩む。いつも通りの雰囲気を自然と出してくれている二人のお陰だ。

亮が母さんと学校生活の話をしている。

「で、ほんと数学の先生が字を書く姿がおかしくてさ」

「それじゃ、集中して勉強できないのは先生のせいってこと？」

「そういうこと」

ふざけた会話や何げない会話がこれほど幸せだとは思わなかった。ほとんど聞いているだけだが、しみじみとこの時間が嬉しい。

「蒼斗、帰ってるのか？」

親父が帰ってきた。

今岡純一（じゅんいち）、50歳。ごみ収集車の運転手だ。ごみ収集のことを語らせると1時間では終わらない。親父の影響なのか、俺は今でもごみ収集作業を見るのが好きだ。俺の小学校低学年の頃の趣味は、ごみ収集車を追いかけることだった。母さんと違って親父にはほとんど怒られた記憶はない。無口で見守るタイプだ。

親父は俺を見ると一冊のノートを無言で渡してきた。中を見るとワイドショーの内容やらドラマのあらすじやらが書いてある。

「何これ」

「父さんね、あなたがいつも見ているテレビや雑誌の内容、芸能ニュースなんかを書き留めていたのよ。これを読めば次の日にでも今まで通りに学校に行けるんじゃないかって」

母さんが代わりに説明する。俺が無罪で帰ってくるのを疑いもせず待ってくれていた両親がいた。

「蒼斗。親父さんもお袋さんもこんな感じってことで、明日から学校。久々に一緒に帰ろうぜ」

感傷に浸っている俺の肩を亮がポンと叩く。亮の後ろ姿、なんて温かい背中なんだろう。

「亮、ありがとう。ほんとありがとな」

俺の声は涙声だ。亮は親指を立てて帰っていった。

「蒼斗、今日はもうゆっくり休みなさい」

母さんも自然を装い、気遣ってくれている。いつもの友達、いつもの家族、いつもの家。普通の生活が大事だと留置所で理解したが、肌で感じるのとは雲泥の差だった。

ベッドの上で親父のくれたノートを見る。ほんとに俺の好む内容ばかり書いてある。楽しみにしていた漫画の最新刊の結末まで書いている。確かにこれがあれば空白の11日はすべて埋められるかもしれない。「自分がいなくても世の中は平然と回る」と悲観していた自分を責める。

久々のベッドはなんと心地よいんだろう。こんなにフワフワだっただろうか。それでも再び留置所生活に舞い戻りそうで怖い。そのうちに怖いほどの睡魔が襲ってきた。

22時。留置所だったら、とっくに寝ている時間だ。

※

10月20日。寝起きがいい。皮肉にも規則正しい生活をしていたお陰だ。

「行ってきまーす」

「今日くらいまっすぐ帰ってくるのよ」

夢にまで見た当たり前の生活。しかし、学校に行くのにこれほど勇気がいるとは思わなかった。歩数に合わせて緊張感が高まっていく。亮は俺が殺人容疑で逮捕されたことを知っていた。クラスの皆も知っているだろう。何と言いながら教室に入ったらいいんだろう。思考回路が短絡し、うつむいたまま顔を上げられない。

「おー、久しぶり」

「元気だったか」

「おかえりー」

クラスの皆が声をかけてきてくれた。このさりげなく迎え入れてくれる雰囲気が、「失った生活」を徐々に取り戻す期待へと変わっていく。

「これが毎日なら、俺相当人気者だな」

この一言を言うだけで俺の顔は真っ赤だ。

「何言ってやがる」

「ムショに入ってる時間が足りなかったんじゃないのか？」

即座にたくさんの返答がきた。ほっとする。皆どこかよそよそしいが、「いつも通り」を心がけて接してくれているのが分かる。昼休みになる頃、こんなに学校が楽しくなるなら誤認逮捕もありかもしれないとまで感じていた。

「なあなあ、留置所ってどんな生活するんだ？」

この瞬間、クラスメイトの動きが止まる。しかし、俺は驚くほど冷静な分析、思考ができる。このいなし方次第で、これからの生活の潤滑剤ができるか、はたまた地の底まで沈むか、大事な瞬間なのだ。

「そうだなー。精神修行の場。なんていうか、暇。おかげで脚がまだ風邪気味」

みんな笑ってくれた。こうやって心を許せる友達と過ごす時間が「辛いこと」を「辛かったこと」に変えていく。

「あー、しばらく寂しかったぜ」

学校からの帰り道、亮が言う。行きと帰りでは気持ちがまるっきり違う。行きたくなかった学校とすぐにでもまた行きたい学校――

「すまん。といっても俺にはどうしようもなかったけどな」

心に余裕が出てきているみたいだ。

「そういえば、逮捕された翌日、心配でお前の家に行ったんだけど、おばさんたち『蒼斗の面会には行かない』って言ってたんだぜ」

「何で？」

ずっと留置所の中で頭から消えなかったことだ。なぜ、誰も面会に来ないのだろうかと。禁止されているのか、それとも見捨てられているのか。結局考えないようにしていた。

「おばさんさ、『私たちを見たら、これ以上迷惑かけないようにって嘘（うそ）の自白をするかもしれない。だから行かない』って」

言葉の重さを感じた。自白して罪を認めようとした自分が情けない。

「羨ましかったよ。お前のことを信じている親が……」

亮の後ろから夕日が照らしていて表情がよく分からない。微笑む口元だけが見える。

亮の言葉で気づいたことがある。この瞬間までずっと受け身だった。俺を信じて待っていてくれた両親を、まだ満足に安心させられていない。「俺は大丈夫」とも伝えていない。


「じゃあな」

「うん、また明日」

俺は走り出す。胸の高鳴りは良い響きだ。心身の疲れを一切感じず軽快だ。

「ただいま」

昨日より大きな声が出た。心掛けたわけではなく、自然と出た言葉だ。

「おかえり」

キッチンにいる母さんの声が暗い。今、俺はこういう雰囲気に敏感だ。背中しか見えないのでよく分からないけど、なんとなく元気がない。眉間にしわを寄せて無意識に母さんを視界から外す。するとテーブルの上にあるすごい御馳走(ごちそう)が目に飛び込んできた。

俺の大好きなカツのミルフィーユがある。

「好きなだけ食べていいわよ」

途端に何とも言えない苦しさにかられた。やはり辛い思いをさせたのだろう。信じて待つことしかできなかった両親の心境を考える。昨日は母さんの態度ですごく救われた。ただ、結局今俺はどうしたらいいのか分からない。

「いただっきます」

平静を装って食べる。母さんは時々わざと家事の音を大きく立てる。すすり泣く声を家事でごまかすためだ。その泣き声を聞くと俺も涙が止まらない。その度に俺も食べることで泣き声をごまかす。お互いに鼻水をすすり、わざと不自然な音を出す。それでも隠し切れない泣き声が続く。結局「大丈夫」の一言は言えなかったが、親子が思いを確かめ合う幸せな時間だった。

※

「ただいま」

親父が帰ってきた。急いで涙を拭う。母さんも同じだ。二人共親父に気を遣わせないようにしたのだ。親父の「ただいま」には生涯忘れられないエピソードがある。

――今から3年前、コンビニ高柳商店での出来事だ。

「本当に申し訳ありません。ほら、蒼斗も謝りなさい」

母さんはずっと頭を下げている。

「だから俺は盗ってないって」

その店には防犯カメラがない。

「では、君のバッグの中から出てきたものは何かね？」

「知りません」

「あのね、こうやって両親も来てくれているわけだし、素直に謝ってくれれば今回は通報する気はないんだよ」

俺は、いろんな気持ちであふれていた。

「あのー、高柳さん」

親父が少しうつむきながら前へ出た。

「そうですよ、お父さんからも蒼斗くんに言ってくれませんか？」

「いや、違うんです。蒼斗は盗ってないって言っているじゃないですか。無理やり言わせてどうするんですか？　蒼斗がやったという確固たる証拠があるというのなら、警察なりなんなり呼んだらいいと思います」

「あなた⁈」

母さんはとても驚いていた。

「もちろん警察の調査には全面的に協力します。今すぐ警察を呼ばないのであれば私たちは帰りますので、必要なら連絡ください」

親父はそっと名刺を置いた。

「さあ、帰るぞ」

帰り道はしばらく車の走る音すら聞こえなかった。そして感じたことのない気持ちに支配され、ただただ棒のように歩いた。

理由はたった一つ、俺には商品をバッグの中に入れた自覚があったのだ。

「蒼斗」

静寂を裂いたのは母さんだった。しかし、すぐ親父が切った。

「なあ、美和。俺たちが自分の子供を信じないでどうするんだ？」

母さんは戸惑った。

「蒼斗、俺たちはこれ以上何も聞かない。家に入るときはいつも通り『ただいま』って言うんだぞ。家ってのはな、笑って帰る大事な場所なんだ。父さんは蒼斗を信じている」

親父の優しさが俺の心を完全に貫いた。その日の夜、恐怖に怯え、裏切りという重圧に潰されながら過ごした。罪悪感は消えるどころか瞬く間に増幅していく。

結局、翌日には万引きした高柳商店の前に来ていた。

「おじさん。俺、ごめんなさい」

ここまでで言葉に詰まってしまった。

「うん、よく来たね」

おじさんの声色に徐々に視界が滲んだ。そっと目線を上げるとおじさんの顔は穏やかでとても温かかった。

「君のお父さんは嫉妬するくらい立派だった。でもね、君も勇気を出して今日ここへ来た。負けていないよ」

激怒されるより優しくされるほうが心を強く掴む。この後、両親と共に店に謝りに行ったのだが、両親が頭を下げている姿は今でも鮮明に覚えている――


こんなことがあったのに、親父はまた俺を信じてくれた。そして、母さんは親父に倣って俺のことを信じ切った。込み上げる思いにこらえられず二階へ駆けあがる。日常生活の大切さを知り、そして改めてその当たり前の生活に戻ることができた。嬉しくて、幸せでこんなにも涙が流れるのに、結局親父と母さんに「ありがとう」の一言が言えていない。

じっと天井を見ていると、不可思議な感情が生まれた。

意として泣きたい。

布団を被ってすすり泣くと涙が止まらない。声を出さないようにしても口から漏れる。その口を必死に両手で押さえて泣く。こんなにも自分の口を覆って泣いたことがあっただろうか。

誰にも知られずひっそりと流す涙、この涙には計り知れない力があった。

当然の再会

10月21日。授業を受けられること自体が嬉しい。誤認逮捕を境に様々なことが変わった。学校で過ごす時間、友達と話す時間、すべてが貴重である。

今日の夕方には香原弁護士事務所に向かう。不思議とうまくいきそうな気がする。あらゆることを大事にできる、そんな自信があるからだ。

「先生、さっきの問題ですが、もう一度説明してもらえませんか」

自ら挙手し質問した。

「おお。皆も今岡のように分からないときは聞くように」

今まで寝ながら授業を聞いていた時間は何だったのか。答えがあること自体に素晴らしさを感じる。

昼休み、屋上に上がる。晴れた日のいつもの過ごし方だ。すでに亮がいる。

「やーっと来たか。はや何日経ったことか」

亮は俺を見てニヤッと笑う。俺も横になる。

「今日は学校が終わったら有希の弁護士に会うんだ」

「おー、そっかそっか」

亮はきっといろいろ心配してくれている。こういうときこそ元気な姿を見せなければいけない。

「でもさ、なんか分からないけど俺、頑張れる気がするよ」

適当に言ったつもりも強がりで言ったつもりもない。亮が空を指差す。

「お前がいない間も、あの雲はずっとあそこにいたんだ」

亮からの「そんなに時は経っていない、焦るなよ」というメッセージだ。

「亮、お前やっぱさすがだな。ありがと」

もうこうなると言葉は要らない。存在が絶え間ないコミュニケーションとなり、互いの支えを無言で確認しあえる。

充実感が瞬く間に午後の授業を終わらせた。

※

ここが香原弁護士事務所。有希はいるのだろうか。過ちを認め、またやり直したいと言ってくれるだろうか。不安と期待が混在する中、受付の方に案内され、応接室に入る。

「はじめまして。弁護士の香原巧博と申します」

「はじめまして。今岡蒼斗です」

有希はいない。

「どうぞお座りください」

香原弁護士は真面目そうな人で、心なしか安堵する。

「早速ですが、本件のことを泉有希さんに代わり陳謝いたします。同時に泉有希さんは心から反省しております。可能でしたら謝罪を受けていただき、被害弁償などをさせていただきたいのですが」

香原弁護士の対応は少し業務的だ。

「えーと、俺は法律はよく分からないのですが、示談とかにすると、それで有希は無罪になるのですか？」

「正直に申し上げますと、虚偽告訴罪は刑事責任になりますので、示談が成立しても無罪とはなりません。しかし、反省の態度を見せることは、量刑判断にあたってとても大事な事情となります。不起訴または執行猶予が付く余地がでます」

有希にまだ好意を抱いていると見透かされた気がする。しかし、もともと実刑になって欲しいなんて思ってもいない。

「示談でも構いません。それより有希に会いたいです。ちゃんと話がしたいんです」

釈放直後は、有希にとても会う気になれなかったが、今は落ち着いている。

「そうですか。分かりました」

香原弁護士の表情はどこか暗いようにも見える。

「今有希はどこにいるのでしょう？」

「自宅にいます。有希さんは在宅捜査ということになっております」

「在宅捜査ですか？　よく分かりませんが、会ってもいいんですか」

「ええ、大丈夫です。有希さんも直接お話しすることを望んでおります」

「本当ですか？」

予想外の内容に気持ちが緩み、少し話しやすくなった。

「あの、教えてください。なぜ弁護士さんを通してのお話なのでしょう？」

「今件は刑事事件です。加害者が被害者に自由に接することで支障をきたすことがあり得ます。そのような可能性が低いということで在宅捜査になっているのですが、今岡さんのように会いたいと言っていただける方ばかりではございません。無理やり接触すると次の事件を呼ぶ恐れがあります。業務的であることに不快な思いをさせて申し訳ありませんが、必要な手順であることを理解していただければと思います」

やはり分からないことは聞いてみるものだ。確かに加害者の顔を見たくない被害者だって多いはずだ。俺の思考は俺の仮定によって成しえるものだと理解した。

「分かりました、ありがとうございます。明日学校が終わった後、えーと、17時にいつもの喫茶店で待っていると伝えてもらっていいですか？　もちろん香原弁護士さんが一緒に来ていただいても構いません」

「承知いたしました。誠にありがとうございます」

深々と頭を下げられた。

いわし雲を彩る夕焼けに向かって、俺は胸を張る。今後の有希との関係を左右する重要な時間だと分かっていたから緊張していた。しかし、はっきりと自分の意思を告げられた。

「ただいま」

「おかえりなさい。蒼斗、何か良いことがあったの？」

靴を脱いでいると母さんの声がリビングから聞こえてくる。

「え？」

「陽気な声だもの、分かるわよ」

「そんなことより今日の夕食何？」

母さんは俺を一目見ると軽い微笑みを浮かべる。

（あなたの照れ隠しの仕方はいつも同じ）

心の声が聞こえてくるようだ。こんな毎日がずっと続けばいいな。俺も自然と微笑む。トントントンという包丁の音が軽快だ。

「何か手伝おうか？」

「そうね、冷蔵庫の卵を二つボールに入れてくれる？」

「オッケー」

母さんは俺をチラッと見てそっと笑う。

「見ててよ、俺の得意な片手割り」

二つの卵をぶつける。綺麗に割れた卵を見ていると吸い込まれそうだ。揺れる卵がゆっくりと動く。俺の願う「普通の日々」は昔から何一つ変わっていなかった。俺の感じ方、捉え方が変わっただけだ。このことに気がつくと、とても嬉しくなり、頼まれていないのに無心に卵を溶いていた。

いつものノイズを一緒に溶かしているようだった。

※

10月22日。目覚まし時計が鳴る10分前に目が覚めた。外では雨が降っている。

「おはよう」

「あら、ちょっと疲れた顔しているわね。無理しないようにしなさいよ」

「大丈夫、大丈夫。今すっごく学校楽しいから」

今はあらゆることが貴重だ。この思いがすべてを後押ししてくれる。

「行ってきまーす。今日はちょっと帰りが遅いと思う」

「はーい。気をつけてね」

有希に会ったら、昨日のように思ったことをちゃんと話そう。そうすれば、今後の俺とのことを考え直してくれるはずだ。

突然クラクションを鳴らされた。驚くことに、赤信号なのに俺は横断歩道を渡っていた。

半分以上渡っていたので、周りを確認して車の運転手に頭を下げながら渡り切った。どこから上の空になっていたのだろう。ちゃんと傘をさしていたはずなのに随分と色んなところが濡れている。


何か調子がでない。2時間目の授業から徐々に集中できなくなってきた。有希に聞きたいことばかりが浮かんでくる。

〈悩み事があったのか〉

〈俺に不満があったのか〉

〈どうして自殺しようとしたのか〉

〈誤認逮捕は計画的なのか〉

こんなことを聞いたら有希は嫌な思いをするだろうか。


「痛っ」

顔にバスケットボールが直撃した。

「今岡、どこ見てんだ？　そんなに時間が気になるのか」

体育の先生が言う。俺は、時計を見ていたのか？

学校が終わる時間には、自分が描いていたイメージとかけ離れ、疲弊している。トイレで鏡に映る自分に向かう。強い視線で自分を見て、顔を洗い深呼吸をした。

※

まどか珈琲（コーヒー）店の前で時計を見ると、約束の時間より30分も早い。どれほど早足で歩いてきたんだろう。雨は上がっている。

「いらっしゃいませ。何名様ですか？」

「二人です。一人は遅れてきます」

「すみません、もう一度お願いします」

「二人です」

有希は来るのだろうか。留置所の中とは違う時間の長さを感じ、不安が増していく。

何から話したらいいんだろう。

俺から話しかけるべきなのか。

そもそも有希は謝るつもりで来るのだろうか。

まだ憎んでいたらどうしよう。香原弁護士も来てほしい。

怒濤の如く感情があふれ出てくる。絵画と化していた風景に、有希の姿が描かれた瞬間、頭より先に身体が反応した。香原弁護士はいない。心の糸が音を立てて張り、思わず立ち上がった。

「有希。こっちだよ」

やってきた有希に手を振っていた。でも、近づいてくる有希は無表情で、何を考えているのか分からない。

「有希、ほんと久しぶりだね。まず座りなよ。えーと、何飲む？」

明らかに挙動不審だ。改めて思うが、昨日は有希がいなくて本当によかった。こんな感じでは話にならない。でも、今ここに有希がいるということは、大方の話は伝わっているはずである。香原弁護士がいないということは、もっとポジティブに考えてもよいはずだ。

「キミ、誰？」

有希の第一声は全く予測外のものだった。時間を砕くような衝撃と静寂が訪れる。

「え、蒼斗だよ」

俺はこう応えるので精一杯だ。

「蒼斗くん？　わたしに何の用？」

俺は過呼吸なのか、無呼吸なのか、苦しくて視界が揺れる。有希はふざけているようには見えない。むしろとても純粋な目をしている。

「有希、聞きたいことがあるんだけど」

ふり絞って言葉を出した。

「だから！　その前にわたしが聞いているでしょ。なんでわたしを呼び出したの？」

澄んだ瞳で不思議そうに俺の顔を覗（のぞ）き込んでくる。目の前にいるのは本当に有希なのか？

「ねえ、聞いてる？　蒼斗くんって言ったよね？　キミのその制服、瑛心高校のだよね？わたしも瑛心高校出身なんだよ」

最近の中で一番の笑顔を見た気がする。ジャズ風のＢＧＭが流れているはずの喫茶店。でも今は俺の心臓の音しか聞こえない。

「蒼斗くん？　大丈夫？」

もう直接有希の顔を見ることができない。みるみる目線は下がり、テーブルにうっすらと映る有希の表情を探す。とてもじゃないが居続けられない。

「悪いけど俺、帰ります」

勢いよく店から飛び出し、走りだした。訳が分からない。この期に及んで有希は何をしたいのか。なぜあんなに陽気なんだろう。まるで別人だ。

走り疲れて立ち止まり、電柱にもたれかかるように座り込んだ。香原弁護士に連絡しようとスマホを取り出す。僅かに照らしていた夕日が緩やかに暗い雲に覆われていく。

画面の「香原弁護士事務所」という文字に、無情さを謳う雨がそっと乗る。その姿を文字が読めなくなるまでじっと眺める。有希は今でも俺のことを陥れようとしているのかもしれない。もちろん香原弁護士も一緒に。

自分の考えに恐怖を覚え、スマホをポケットにしまう。この浮かれて過ごしていた日々は何だったのか。一瞬にして闇に引きずり込まれたようだ。徐々に取り戻していた平穏な日々が振り出しに戻り、絶望感と悲壮感で埋め尽くされる。

家に向かって無心に走る。汗と雨に紛れて、自分でも気づかない涙を拭っている。描いていた帰り道とは全然違う。

虹のかかる余地など微塵もなく、モノクロのノイズがとても似合う世界だ。

疑惑

10月23日。学校に行く気になれない。今までのプラス思考は何だったのか。全く波もない海上に、曇り空の下、浮き輪一つで平然と浮かんでいるようだ。

結局、改めて俺の中で有希の占める割合が大きいことを感じただけだ。1か月前には今の状況はとても想像できない。あのアラビリの丘へ行くまでは。

『アラビリの丘で待っているって。ちゃんと伝えたからな。行けよ』

坂田さんのことを思いだす。

坂田さんはアラビリの丘へ俺を呼び出した張本人だから、何か知っていることがあるはずだ。留置所では坂田さんのことを考えると気分を害したけれど、坂田さんとは長いつきあいだ。昔、少年団で坂田さんに言われた言葉を思い出した。

「坂田さん、監督の言う『自分で考えて動け』ってどうしたらいいのか分からないです。結局どう動いても怒られるんです」

「分からないいなら、俺の言うように動け。繰り返していれば、いつか俺がどう動いてほしいか、言わずとも分かるようになる。これが呼吸だ」

カッコつけた言葉なのに全くそう感じなかった。監督の代弁をしたわけでもなく、かといってかけはなれているわけでもない。

「分かりました！」

元気よく返事をしたことを思い出す。すると不思議と坂田さんが頼みの綱のように思えてくる。今までなぜ坂田さんに相談していたのか分かったからだ。坂田さんは間違っているとか正しいとかではなく、具体的な指示をくれる。おそらく俺はそれを聞きたかったんだ。期待に押されるように、俺は小走りに家を出た。

坂田さんが働いている会社は、ヨシカズ電工という社員20人くらいの電気工務店だ。

「今岡蒼斗と申します。坂田博人さんいらっしゃいますか？」

「坂田ですね、お待ちください」

坂田さんが奥から出てくる。坂田さんは笑顔だ。

「こんにちは」

俺の声は今にも潰れてしまいそうなほど小さい。

「やあ、蒼斗くん。こんにちは」

深々と頭を下げられた。この不気味なほど丁寧な挨拶はなんだろう。

「天気も良いので外に出ましょうか」

そう言うと先に出ていった。ふと我に返る。ここは会社の中だ。仕事中の坂田さんに会うのは初めてだし、よく考えれば社会人としてこの対応の仕方は普通だ。俺の疑心暗鬼はかなり深刻である。

「坂田さん、お久しぶりです。仕事中突然押しかけてすいません」

「蒼斗くん、お久しぶりですね。気にしなくていいですよ。僕もちょうど手が空いたところですから」

周りを見渡したが誰もいない。蒼斗くん？　どういうことだろう。良からぬ感情が心を支配し、焦りが加速する。しかし、奇しくもきのう全く同じようなことがあったからか、少しだけ自分を落ち着かせることができた。

今日は俺が質問をする、聞きたいことをちゃんと聞く。

「お願いです。坂田さん。俺をあのアラビリの丘へ呼び出した時、何を知っていたのですか？　教えてください」

真剣に問いかけた。

「知っていること、ですか。蒼斗くんもいろいろ大変でしたね。でも」

「そういうことじゃなくて」

俺は坂田さんの話を遮った。

「有希は、俺は……」

言葉に詰まる。

「でもですね、人生とはそういうものだと思いますよ。僕も今まで苦労したことが」

「その話し方、やめてください」

強い口調で再び話を遮る。坂田さんはどんな表情をしているのか。顔が上げられない。

「落ち着きましょうよ。感情的になってもいいことはありません」

坂田さんに缶コーヒーをそっと渡される。

「落ち着けるわけないじゃないですか？　有希も坂田さんもおかしいですよ」

いたたまれなくなり、俺は逃げるようにその場から走り去った。50ｍほど離れて、そっと振り返る。坂田さんはうつむいている。絶対におかしい。しかし、戻る勇気は出ず再び背中を向ける。

自分の影を踏むようにとぼとぼと歩く。時折空を見上げ立ち止まる。そしてため息とともにまた歩き出す――

そういえば、きのうの喫茶店。俺が去った後、有希はどうしていたのだろう。不思議なまなざしで俺を見ていたのか。それとも先ほどの坂田さんのようにうつむいていたのか。

事件を境に坂田さんと有希はまるで別人になった。二人には聞きたいことが山ほどあるが、調子が狂ってしまい冷静でいられない。二人の対応が普段と違ったとしても、今の俺にとって重要な二人だからこそ、社会全体で俺を追い詰めようとしているんじゃないかとさえ感じる。

何度も空を見上げる。この仕草は何だろう？　防衛線？　何の防衛線？　なんで防衛線？

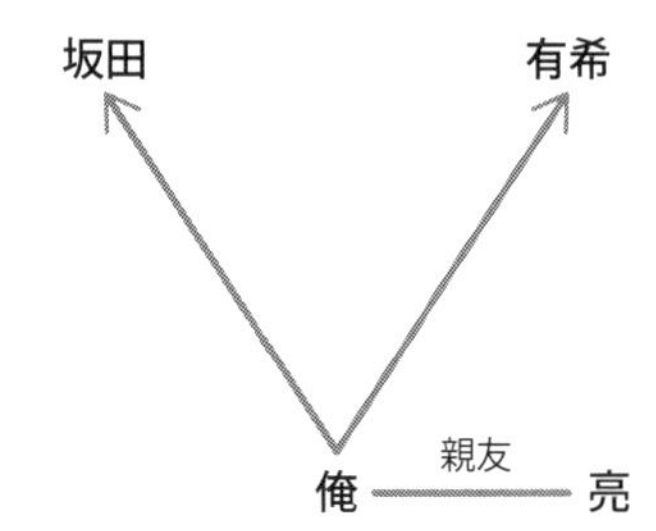

俺は何を考えている？

歯を食いしばって、まっすぐ前を見て黙々と歩き出す。

「ただいま」

誰にも聞こえないほど小さい声で囁き、ドタドタと強い足音を立てて階段を上がる。今日もまた天井の色が違う。留置所のように限定的な環境下とは異なり、自由もまた不自由だった。そして、辛いという感覚に可哀そうという感覚が並行する。相変わらず、自分のことなのに他人事だ。このノイズは何を映しているのだろう。

初めて坂田さんから具体的な指示をもらえなかった。

丸みを帯びた光

10月29日。もう1週間も学校に行っていない。ずっと孤立しているような感覚が続いた。でも、抗う気も出なかった。どこにどのように助けを求めたらいいのかも分からず、泣きながら寝入る日々。一日はとても長い。しかし、不思議だ。時が経つにつれ徐々に心から悲しみが消えていくのだ。浄化ということではなく、綺麗になっていく感じでもない。これは俺だけが感じることなのか、不快さの滲む心の免疫のようだ。

引きこもっている間、唯一やり続けていたことがある。思いたったことをただ書いた。なぜ、こんなことを始めたのかは分からない。何を書いたのかも思い出せない。

「なぜ」を拒絶していたその「なぜ」に促され、おもむろにノートを手に取る。恥ずかしい思いと、面白そうだという思い――

『10月24日　人間とは本当に小さな存在だ。人間は生物の頂点だと思っている。人間の物差しで物事を測り、人間が決めたことで統制する』

病んでいたのは分かるが、ほんとに俺が書いたのだろうかとさえ思う。

『10月25日　今の文明は本当に最新なのか。過去に文明が発達し、発達した痕跡を残すことなく消し去ってしまっているということはないのだろうか』

『10月26日　恐竜は大き過ぎる。過去の今以上の文明を持つ人類が生み出したもの、それが恐竜であって、その恐竜は今でいう動物園のような役割をしていた可能性はないのか。恐竜はあまりにも人間が好みそうな見栄えをしている』

『10月27日　やはり人間の考えがこの世の物差しになっている。犬同士は会ったときにお互いのにおいを嗅ぐ。人間のコミュニケーションがこの程度だと感じられるほど高次元のコミュニケーションをとる生物はいないのだろうか。当然人間が想像できるわけがない。そもそも地球という籠の中で人間が飼われているのかもしれない』

クスっと笑う。まさか無意識の自分に励まされることになるとは思いも寄らなかった。

俺は人間が嫌なのではなく、人間を過小に見ることで潜在的ながらも自分を励ましていた。

人は小さい。とても小さい。その小さな俺の小さな出来事なのだと。

この「知る」という出来事は、俺を「人」に戻すには十分だった。


テレビをつける。静岡県の山で大規模火災。

「現在消火活動中。犠牲者は今のところいません。しかし、山のふもとに暮らす夫婦が立ち往生している模様です。放火の可能性が高いということです」

同時に「レスキュー隊が必死に救助中」というテロップが出ている。

留置所で当たり前の生活をすることの大事さを教えてもらったのに。

留置所ではあれほど社会とつながっていたいと思っていたのに。

今はスマホの電源まで切っている。素直に感じる主観的感情と、それを冷たい目で客観視するもう一つの感情が混在する。ただ、これさえも体験済みだ。

「学校か」

久々に深いため息をつく。休み過ぎたのだから当然だ。とりあえず、学校が終わる時間に合わせて亮の家に行こう。こう決めると結局じっとしていられない。時間を持て余すことすらできず「待つことぐらい構わない」と自分に言い聞かせる。

時間を長く感じたり、惜しく感じたり、感覚が麻痺(まひ)しているとしか思えない。それでもお手伝いの石田さんを困らせないよう側道に隠れるようにして亮を待つことにした。


「お兄さん久しぶり」

直弥の声だ。

「こんなところで何してるんだ？」

「お兄さんこそ何してるんすか？　ここっすか？」

亮の家を指差していた。

「だったらなんなんだ？」

「奇遇っすね。俺も亮先輩に用があって。でも、お兄さんとは真逆の目的だと思いますけどね」

抑えていた心のタガが外れた気がした。

「有希は、有希は今どこで何してる？　家に、家にいるのか？」

血相を変えて直弥に近づいていく。

「やめてくださいよ、お兄さん。怖い怖い」

「有希は、どこで何を」

「ははは。そりゃ、姉ちゃんも嫌になるわな。姉ちゃん正解」

俺は今にも直弥に掴みかかろうとした。

「おーい、蒼斗」

亮が遠くから声を出して走ってくる。その懐かしくも温かい声を聞いて冷静になる。

「すまない」

俺の声はまた小さい。

「尊敬できるお兄さんとはほど遠いっす」

直弥は軽く笑いを浮かべ、捨て台詞と共に背を向けた。直弥は何一つ間違っていない。

俺は、有希や坂田さんの別人に思える対応に困惑していた。だから、いつも通りである直弥にはむしろ感謝しないといけなかった。もし、直弥がとても好青年だったら、それこそ俺の心の糸は切れていただろう。

自分の心の癖に気がついた。俺はあらゆる結果に不満を持つ。そして自分を客観的に見た後、考察の果てに自分を傷つける。そして、この行為が正当であるという、不快で満足のいく時間にするのだ。

「おい」

「わっ」

自分の世界に入り込んでいた。

「何難しい顔してんだ？　ってゆーか、お前学校来いって言っただろ。メールも返してこないし」

亮の一声にほっとして微笑む。

「おい、聞いてんのか？　何ニヤついてんだよ、気持ち悪いやつだな」

「ごめん、なんていうか嬉しくて」

亮は不気味そうに目を細めて俺を見る。

「とりあえず、中入ろうぜ」

亮の後をついて家に入る。


「頼む。何も言わず最後まで聞いてくれ」

俺は部屋に入るやいなや話し始める。

「有希の弁護士に会って、有希と直接話したいって伝えたんだよ。許可は出て、喫茶店で会ったの。でも有希の第一声が『誰？』だよ。あー、そうだ。俺は有希をアラビリの丘から突き落としたって容疑で逮捕されたんだ。でも、実際は有希の虚偽申告だったってことで釈放。んで、俺にこのアラビリの丘に行くように言ったのが坂田さんなんだよ。だから、坂田さんなら何か知ってると思って会社まで行ったんだけど、妙に丁寧っていうか、もう別人。しらばっくれてるのか何なのか分からないけど、結局何も分かんなかった」

「うんうん」

亮は頷きながらすべて聞いてくれた。今はこれだけで安堵する。

「なあ、どう思う?」

亮がちょっと考えて口を開く。

「坂田さんの丁寧な対応って、ある意味普通じゃないの?」

「え、亮。お前も、おかしくなってないよな?」

俺の詰め寄るような言い方に亮は目を丸くした。

「悪い。もう少し分かりやすく言うべきだった。ごめん」

亮は申し訳なさそうに手を合わせる。その姿を見て、疑心暗鬼になっている自分が嫌になる。このままだとすべての友達を失いかねない。亮は軽く姿勢を正し、腕を組んだ。

「有希さんは意図せずふざけちゃったんじゃないの? 大変なことをして、どういう顔して会えばいいのか分からなくなるやつ」

今までそんな考えは浮かびもしなかった。しかし、思い返してみると俺も有希に向かい合う方法を何度も考えていた。

「でもさ、『誰？』はないでしょ。裁判の結果とかに影響するって話だよ」

「だからだよ。だから余計にどうしたらいいか分からなくなったんじゃない？　だって虚偽申告だっけ？　で、蒼斗を逮捕させたんでしょ。その後、会うんだからよっぽど緊張したと思うよ。それに弁護士も連れずに二人きりで会おうとしたんだから。坂田さんだって蒼斗の予想外の訪問に焦って、極端に丁寧に対応する以外方法がなかったとか？」

確かに俺も有希に向かってぎこちない挨拶をした。それは意図的ではなく、その場の空気によるもので、自分では予想していない言動だ。改めて思い出すと、有希の時も坂田さんの時もいたたまれなくなってその場を立ち去ったのは俺だ。亮の意見はすごく妥当なものだ。

有希は相当緊張してあの喫茶店に来たんだろう。改めて有希の気持ちになってみると、それだけで緊張する。坂田さんだって呼び出し役を担ったわけだし、何か思うこともあるはずだ。もしかすると何も知らず俺に伝言しただけだとしたら、これもこれで辛い。どう話をしようかと考えていたところに突然俺が会社を訪問してきたとすればなおさら驚く。本当に俺は自分のことしか考えていなかったと、反省した。

自分だけ気持ちが張り裂けそうだと思っていたが、そんなわけはない。亮の言う通り皆が通常状態ではなかった。今置かれている前提が普段とはまるで違うことを自覚しているようで、全く理解していなかったのだ。

「大丈夫か？」

亮が心配そうに覗き込んでくる。

「やっぱり有希と坂田さんにまた会ってみるわ」

「ホントに大丈夫か？」

俺はうなずきながら自然と笑う。ここまで自然な笑みを見せたのはいつぶりだろう。学校に行きにくいという話を亮には一切していない。しかし、気がついたらこれまでの悩みが吹き飛んでいた。

「頑張れよ」

家を出る時の亮の一声に一段と頼もしさを感じる。一人ではない気持ちを抱けたからだ。俺は親指を立ててちょっと得意げな顔をする。金持ちの家の子には他人を見下しているようなイメージがあるが、亮にはそんな雰囲気が全くない。こんな親友がいることを心から誇りに思う。

いつもの天井を見ていても、目を閉じていても、地平線へと沈む夕日が浮かぶ。中学2年生の時、今見えている地平線がどれほど遠いものか調べたことがあった。何百㎞先のものが見えているのだろうと期待を持ちながら調べた。しかし、結果はせいぜい4〜5㎞だった。俺の心は自分自身にこの結果と今を重ねるよう告げている。思い込みとは恐ろしい。それがすべてだと勘違いもする。興奮していると見えている範囲が異なっていることにも気づかない。

あふれる感情に収拾をつける。よく考えると「いつもの喫茶店」という合図でまどか珈琲店に来るのだから、有希以外ありえない。

スマホを取り出す。一度、二度と文章を見返す。そして三度確認して、有希に「11月9日アラビリの丘へ15時に来てほしい」とメッセージを送った。

今は明るいイメージを抱くことができる。待ち合わせ日を敢えて「11月9日」と10日近くも先の日に設定できたからだ。俺は平凡な日常生活の大事さを留置所で知った。この当たり前をしっかりと噛みしめて生活し平常心を保つ。そのうえで有希に会う。

肩にのし掛かっていた重圧がノイズと共にすーっと取れていく気がした。

※

翌朝、目が覚めると激しい不安に襲われた。まるで留置所にいた時のような無機質な壁に行く道を塞がれている。それどころか生きたまま棺桶（かんおけ）に入れられ、蓋を閉められたような気までする。

〈有希はなぜ虚偽申告をしたのだろう〉

〈坂田さんはどこまで知っているのだろう〉

少しでも時間があると自然とネガティブ思考になる。

〈俺を逮捕させるためにアラビリの丘へ呼び出したとすると計画的だ。もしかして、未だに計画は進行中なのかもしれない〉

半ば当然のように湧いてくる感情と戦うのは簡単なことではない。決意と実行には大きな隔たりがある。禁酒、禁煙という言葉を聞くが相当大変なのだろう。当たり前の生活を送るということは本当に難しい。

「おい、蒼斗！　元気だったか」

「色々心配するからちゃんと学校来いよ」

自分との戦いに奮闘しすぎて、久々に学校へ行くという不安がどこかへ消えていた。

「お、おう。久しぶり」

相変わらずぎこちない返答だ。ただ、この瞬間、クラスメイトのほうが俺のことを分かってくれている気がして嬉しかった。

「何を驚いたり笑ったり気持ち悪い顔しているんだよ」

「なんでもない」

そう言う俺は分かりやすいほど照れている。学校へ来たことは正解だ。やらなければならないことが良い意味で自分を縛ってくれる。変に考え込む余地がない。学校の大切さを別視点で理解する。

「おお、今日は蒼斗がいるな。あまり休み過ぎるなよ」

「ごめんなさい、先生。俺真面目に学校に来ます」

「おいおい、それじゃ今までずる休みしていましたって言っているみたいだぞ」

みんなに笑われたが、嬉しかった。昼休みには亮の待つ屋上へ行こう。


「来たか」

「ああ、久々だけど学校は最高だね」

「何言ってやがる」

横になり、この前雲があった場所を今度は俺が指す。

「邪念は克服した」

「随分時間がかかるんだな？」

「強敵でさ」

「ってか、雲は何もしなくてもなくなるぞ」

「確かに」

亮は時間が解決することを、こんなふうにおちょくって表現するのか。勝てないな。

たった1日の学校生活によってガラリと変わる。自信まで生まれる。学校生活というタスクを課してくれることはありがたい。改めて「自由」とは何かを考えさせられる。


「ただいま」

「おかえりなさい」

当然を実感できるものが、俺の周りにはこんなにあふれている。

いつもの学校、いつもの友達、いつもの挨拶、いつもの食事、いつものベッド、いつもの天井。敢えて有希のことを思い出し、意識的にポジティブに考える。この努力をもはや惜しむことはなくなった。

知らない電話

11月1日、土曜日。有希にメールを送ってから3日目だ。当たり前の大事さをかみしめながら生活できている。今日から3連休である。

「伊藤電鉄の連続脱線事故。置石をしたと自供する人物が現れたらしい」

親父が新聞を読んでいる。

「だったらやらなければいいのに」

母さんがテレビをつける。

「ごちそうさま！　俺、今から勉強してくる」

朝食を食べ終え、堂々と宣言した。

「あらー、こんな身近に明るいニュースが。初めて聞いたわ、そんなセリフ」

母さんが茶化してくる。

「たくさん学校休んじゃったから取り返さなきゃね」

親父は少し俺の顔を見てまた新聞を見る。勉強は好きではないが、今はあらゆることが貴重に感じられる。自分で決めたことを実行する。それだけではあるが十分な意欲が湧く。病気になってから健康の大切さに気づくというけど似たものがあるかもしれない。自分が休んでいた分の勉強だと思うと、時間を取り戻しているような気分にさえなる。これも向き合い方の違いだ。勉強は明確な答えがあるから黙々とこなすことができる。有希と会うまであと1週間、この調子で過ごせば自信も持てる。

♪♪♪

突然スマホが鳴った。人生で初めて着信音を不快だと思った。電源を切っておけばよかった。知らない番号である。

「はい」

「今岡蒼斗さんですか？　有希の友達の、三上亜也加と申します」

心拍を高めるのに十分な単語だった。目を閉じ深呼吸をする。固唾を飲んで身構えたにもかかわらず、その後は無言が続く。

「もしもし？　聞こえていますか？　今岡です」

スマホを見て電話がつながっているのか確認した。電話の音量を最大にしてみると、吐息のようなものが聞こえ、少し気持ち悪い。

「有希の知り合いですか？　有希は元気にしていますか？」

俺の口調は少し淡白だ。音量は最大だが、更にスピーカー設定に変えた。すると、今度はなんだかすすり泣くような音が聞こえる。

「大丈夫ですか？」

イタズラ電話だと思う反面、何か助けを求めているのかもしれないと心配になる。

「有希が亡くなりました」

耳を疑った。

「え」

「11月6日、入持葬儀場で9時からお葬式です」

電話口で三上さんが泣きながら言う。今度は俺が無言になる。

「お通夜は身内だけでされるようです」

心とは裏腹にどんどん話が進行していく。窓に映る俺の顔は無表情だった。

「まだ連絡しないといけない人たちがいるので失礼いたします」

電話の終わり際、三上さんの声は、もう声になっていなかった。俺は錯乱することもなく、そっと涙を流す。有希が死んだ――

三上さんという人は本当に有希の友達なのだろうか？　事実無根のイタズラかもしれない。もしくは有希や坂田さんのようにおかしくなってしまった人なのかもしれない。急いでカーテンを閉め、布団をかぶって暗がりの中、それでも足らず目を閉じる。見知らぬ人からの、真実かもわからない一方的な情報。それなのに、心の中には絶望を超えた闇が広がる。万が一沈めば完全に自分を失う底なしの沼地。この中心で震えることしかできなかった。

「有希が亡くなりました」

三上さんの声が頭の中をこだまする。

生きる意味

11月2日、日曜日。

今日、明日と敢えていつも通りの休日として過ごす。昨日の三上さんの電話はなかったかのように。そして9日にアラビリの丘で有希と今後の未来について話し合う。今までの俺は本当に頼りなかっただろう。自分に課題を課さなければいけない。

ジョギングに出かけよう。食欲はないが無理して食べる。

淡々と着替え、走り出す。交差点が来れば適当に曲がる。これを繰り返し30分ほど走った。随分長く走れるものだ。ローペースのときもあるが、坂だって走ってきた。頭に邪念が生まれてくると少しペースを上げる。「これは現実逃避とは違う」こう思った時、ちょうど家の近くに戻っていた。新しく別の道を走ろうと思う。しかし、交差点に来る度に先ほどと同じ方向へ曲がってしまう。このまま同じ道をもう1周したい。仮想の道だとしても同じ道をもう一度同じように走りたい。俺の願望は何と重ねて何を目指しているのだろう。

2周目の半ばに差し掛かった時、見覚えのある姿の青年がジョギングをしていた。

「直弥」

直弥が振り返り、俺を見るとスピードを上げる。

「待って！　頼む、待ってくれって」

俺はすでに体力の限界にきていてとても追いつけない。やがて息が切れて立ち止まり、その場に座り込んだ。そっと周りを見渡す。同じ道を回れなかった。

多くの車が走る交差点。信号が変わり、歩行者が渡り始める。お母さんの手をつないで歩くのを嫌がる子供、話に夢中で周りを見ていない若者、今にも信号が赤になりそうななかでも一生懸命歩いているおじいさん、どれもが紛れもない日常だ。この光景を30分ほど眺めた。

すっと立ち上がり、家へ向かって歩く。心は壊れたわけではなく、肯定的に考えているわけでもない。突然大海原へ放り出されたが、慌てても仕方がないことを分かっているように漂う。ただ、そこには不安や安心もなく、そして絶望も希望もない。無意識に歩数を数える。

『何を考えてどんな行動をしようとも道と時間は過ぎていく』

ノイズの陰に潜む、もう一人の自分にそう諭していた。

※

11月4日、雨。学校へ向かう道中、完全に現実と夢が入り乱れる。無理矢理ポジティブに思考しようともしている。また心の天秤が平衡を保とうとしているのだろうか。

もしかしたら、壮大なドッキリ企画が組まれているのかもしれない。いつものように気持ちと歩くスピードが連動する。騙されるのも嫌だし、葬儀場には喪服じゃなく上下緑色のスウェットでも着ていこうか。そんなふうに考えるときは軽快に歩くのだ。

学校に着いた時、不思議と傘の雨粒を払い落としたくなかった。

「おはよう」

俺の声は自分でも元気がないように感じる。

「おはよう」

教室に入っても誰も特別な話題を振ってこない。有希はこの学校の卒業生だし、一人も知らないなんてことがあるのだろうか。それとも知っていて、敢えて触れないでいるのかもしれない。

「蒼斗、なんか元気ないけど大丈夫か？」

「そんなことないよ」

不自然に意識してしまう。

「今日は今までの続きはやらない。新しい文法の勉強をする」

先生は俺に気を遣いながら授業をしているのだろうか。消しても消してもこんな考えが浮かぶ。

「おい、あれだよ。見てみろよ」

休み時間には廊下からの視線まで感じる。もしかして俺の話をしているのかもしれない。自分を落ち着かせることすら不安定で、時の流れは不気味なほど遅い。下校時間にはひどく疲れてしまった。

帰り道、自分の足取りを見ながら気がついた。釈放されてから初めて沈んだ気持ちでトボトボと帰っている。それでもどこか他人事だ。俺のことであり、俺のことでない。そんな現実と夢の間を行き来している心地で、荒立つ波を至極自然に潰していく。

「ただいま」

誰もいない。食卓テーブルの上の作り置きの夕食に布がかけてある。母さんはどこに行ったんだろう。こんなこと、よくあることなのに今まで考えたこともなかった。

今日の天井は砂でできた庭園のようだ。まるでプールマットに浮かんでいる。
学校へ行きたくない。
できることなら考えることもやめたい。もう寝ようか……
でも、寝たら明日の朝を迎えてしまう。明日が来るのは……嫌だ。

『証拠だよ。今までのお前は自分が思っているほど人に気を遣えていなかった』

※

「誰⁉」
目覚まし時計が鳴っている——夢か。相変わらずの疑心暗鬼状態だ。しかし、頑張って学校へ行く。今まで学校に助けられた。きっと今日だって。

「今岡！　聞いているのか？　出席とってるぞ」

驚いて立ち上がってしまった。

〈先生。なんか俺のこと、気遣っていませんか？〉

留置所の時のように心の中で言う。

「お前大丈夫か？　なんか最近変だぞ？」

「大丈夫です」

「まあ、お前もいろいろあったしな。それでも学校に来ているんだから胸を張りなさい」

どういう意味だろう。先生は知っているのだろうか。気になって授業に集中できない。しとしとと降る雨をぼーっと眺める。ふと黒板に目をやると先生と目が合った。注意しにくい様子が感じ取れる。俺はどれだけ人の生活を乱しているのだろう。せめて周りに迷惑をかけないようにしないといけない。うわの空なりにも集中しているフリを始める。この意味のなさそうにも思える努力が報われる時は来るのだろうか。

学校からの帰り道、ポケットのスマホをぐっと握りしめた。今日までネットなどでニュースを調べないようにしてきた。有希の葬儀はもう明日だ。

※

11月6日。制服を着る。意外に、心は穏やかだ。淡々と身支度を終え葬儀場へ向かう。まるでゲームの中の主人公を操るようだ。しかし、体は現実を拒絶しているのが分かる。呼吸も乱れ指先が震える。葬儀場に近づくにつれ喪服を着ている人が増えていく。

僅かな希望が一蹴される。【泉様受付】と書かれた案内板を見つけた。そっと中を覗き込むと、有希の遺影が飾られていて、泣いている人もいる。またあの嫌な心臓の音だけが聞こえ、時がゆっくりと流れる。足が震えてこれ以上進めない。背を向けることしかできない。そしていつものように、いたたまれなくなりこの場から去ろうとする。

その時、坂田さんがやってきた。俺を横目に通り過ぎていく。俺は瞬きもせず遠くを見つめ、立ち尽くしていた。

「蒼斗さんですか」

聞き覚えのある声に振り返ると見知らぬ女性が立っている。視界に入る坂田さんの後ろ姿がどんどん遠くなる。

「亜也加です、三上亜也加」

有希の死を教えてくれた人だ。

「蒼斗さん。私も未だに信じられません」

亜也加さんはそう言いながら泣き崩れた。距離感が掴めなくなった。上下が分からなくなった。すべてが現実だった。有希が死んだ。

言葉が出ず、涙があふれる。俺も声をあげて泣く。人目をはばかることなく泣く。

でも、どうして？　なぜ？


気づくと布団に包まって震えて泣いていた。見知らぬ人に抱えられて連れてこられたのはなんとなく覚えているが、どうやって家に帰ったのか全く覚えていない。心底後悔した。

俺は結局自分のことだけしか考えていなかった。なぜあんなメールを送ったんだろう。有希は心中穏やかでない状況であったことを亮が教えてくれていた。それなのに、わざわざアラビリの丘へ呼び出すなんて、どれほど有希を追い詰めたことだろうか。俺は有希の気持ちを全く考えていなかった。勝手に気持ちの整理をしていたのは俺だけだ。これでは俺が、有希を殺したようなものだ。

「この人殺し」

生まれて初めて壁を殴った。きっと有希はこんな痛みではなかったはずだ。今まで無理にポジティブに考えようとしていた分、反動で絶望のみが綺麗に残った。這（は）い上がる気持ちなんて生まれもしない。

「今岡蒼斗、殺人未遂容疑で逮捕する」

あの声が聞こえる。

あの日、この世は俺に「お前が有希を崖から救い上げたことは事実だ。しかし、まだ有希は助かったわけではない。有希が生きるも死ぬもこれからのお前次第だ」と教えてくれていた。俺はそのお告げを活かすことができず、自己中心的な考え方で二度も有希を殺した。


いつもの鋭いノイズがゆっくりと話しかけてくる。

今の『お前が存在する理由』は『自分を責めること』のみだ。

木枯らしに混じる新しいギア

毎朝、目覚めるといつも左手の親指に噛みつく。現実(いま)を夢だと思いたいのだと思う。思いを消化するより現実が先行し、整理ができない。時という濁流に呑み込まれている。

指から血がにじんでくるのを見て、現実が事実であることを実感しながら起き上がる。

この前みたいに思ったことを書き留めることもしない。特に思うこともないし、先日まであった多くの疑問も、もうどうでもいい。

有希が死んだ。これはもう変わらない事実なのだ。

留置所での11日間、あの時も社会と切り離された生活だった。でも、あの時はあれほど社会とつながりたかったのに、今や自ら社会を切り離している。これはないものねだりなのだろうか。血をふき取る。

今日はいったい何月何日なんだろう。スマホを手に取る。11月16日。葬儀の日も含めて留置所の中にいたのと同じ11日が過ぎた。

相変わらず両親は優しい。学校へ行けとも言わないし、こんな俺にいつも通り接してくれる。何げない会話もしているし、何より引きこもっている理由すら聞いてこない。

久々にカーテンを開ける。レースのカーテン越しに入ってくる明かりに日常を感じる。日常があって非日常が起きる。

有希はどんな思いで亡くなったのだろう。

有希はどうして亡くなったのか？　俺は勝手に自殺だと思い込んでいた。事故死なのだろうか、それとも殺されたのか。

絶望の淵にまで追いやられ、生きる屍（しかばね）のように過ごしていた日々。それなのにたった一つの疑問で僅かな活力が生まれ、急速に膨張する。

坂田さんなら有希の死因を知っているかもしれない。気がかりなのは、この前のように別人格を思わせるような口調で話されることだ。ただ、坂田さんにも苦悩はあるはずだし、亮の言うように俺の訪問は突然だ。とにかく感情的にならないように意識しよう。坂田さんを尊重し、別の日に話せる機会を作るだけでもよいのだ。


久しぶりに外に出る。眩(まぶ)しい。

〈どれだけ悩もうが、たとえ人の命が亡くなろうが時に情はない〉

そう肌寒さが語る。俺は小石を蹴った。転がる石の行く先を眺める。行動に理由や意味を見出したい。自分の意思を実感したい。

石の止まった先に1台の車がある。見知らぬおじさんが降りてきた。

「蒼斗くんだね」

親ぐらいの年齢だろうか。なんとなくガラが悪く怖かったので、無視することにした。

「有希さんのこと、残念だったね」

足が止まる。俺が覚えていないだけで知り合いなのだろうか。改めて顔を見る。

「蒼斗くんとは仲良くなれそうだよ」

その男は俺の驚いた顔を見てニヤリと笑い、話を続ける。

「俺の名は大貫」

やはり知らない人だ。

「有希を知っているんですか？　知っていることがあるなら教えてください」

大貫に詰め寄る。今の俺には臆するという感情はない。

「そう焦るな。時間はいっぱいある。それにこんなところで立ち話もよくない。蒼斗くんとはゆっくり話したいからね。今日、19時にここに来てくれないか」

強引に紙を掴まされた。『港町375ノブサンド倉庫　19時』と書いてある。港町はそれほど遠くない。

「ミナトマチミナコウへ行くと覚えてくれ」

先ほどに増して不気味な笑みだ。俺はこういうジョークにはうまく対応できない。

「じゃ、待ってるぜ」

大貫はつまらなさそうに車に乗り、去っていった。気持ち悪い出来事だ。しかし、今は誰であろうと構わない。受け入れるためにも理解したい。坂田さんの次のアテができたため余裕ができた。375でミナコウ？　ミナコウとはいったい何だろう。不覚にも覚えてしまった。

ヨシカズ電工に着くと、ちょうど坂田さんが外で休憩中だった。俺を見て一瞬だけ驚いた様子だ。

「最近よく来ますね」

坂田さんが笑顔で答える。

「なんでそんな話し方なんですか？」

「そうですね。人生を見つめ直している時だから、ですかね」

坂田さんは空を眩しそうに見ながら言う。この前と同じ口調だ。

「そんな話し方は、有希に対する冒瀆だと思いますよ」

人生で初めて坂田さんに皮肉交じりの言葉をかけた。坂田さんの顔色が少し変わる。

「そうか、本当に改めようとしているんだけどな。申し訳ない」

坂田さんは悲しげな目をしている。

「坂田さん。もう有希は戻ってこないです。俺たちが前に進まないと、有希も浮かばれないと思いません……か」

話しながら小声になる。意図していなかったが、俺は有希の死を坂田さんと共有しようとした。でも、坂田さんは何かをこらえているようにも見える。

「だから、人生を見つめ直しているんですよ」

坂田さんの考えていることが心底理解できない。どうしてこんなにふざけた口調を続けられるんだろう。こんな態度は気が動転してとっているものとは思えない。

「俺は、坂田さんの話が聞きたくて来たんです。でも、抽象的な表現であしらってばかりですし。この態度はわざとなんですか？」

坂田さんの目が一瞬変わった気がした。睨んだような図星のような。この瞬間有希の言葉を思い出した。そして坂田さんの不自然さにも気がついた。

――「ねえ、なんでそんな上手に演技できるの？」

学園祭のあとに俺が有希に尋ねたことだ。

「上手？　ありがとう」

「俺がやったら多分めちゃめちゃ不自然になるよ」

「意識しているのは台本を極力なくすことかな」

「練習？」

「そうだけど、一言で言うと方向みたいな感じというか。これをやろうって感じさせないこと」――

もしこれが坂田さんの演技だとすると、台本、つまり目的がある。俺を混乱させることだろうか。坂田さんは有希のように上手に演技ができるわけではない。だから、台本通りにならなければ不自然さが増すはずだ。

「なんでいつものように俺にアドバイスをくれないんですか？」

「少しは自分で考えてみたらいかがですか？」

この口調が変わらないということは、坂田さんとしてはうまくいっていると思っている。

しかし、ここ最近俺がやっていたことは、たった一つを除いて何もない。

「そんなに俺を引きこもりにさせたいんですか？」

坂田さんの目が少し大きく開いた気がする。そして俺から目をそらして返事をする。

「何を言ってるんですか？　引きこもっていたんですか？」

やはりそうだ。でも、何のために？　怒りが先行し落ち着くことができない。

「坂田さん、もういいです。有希の死因は自分で探します。あてもありますので」

坂田さんは怪訝な顔つきになる。俺の感覚は確信に変わる。

「家にもこもりません。有希を知る人に順番に当たってでも」

「やめたほうがいいと思いますよ」

話を遮られた。

「やめませんよ。っていうか、どういう意味ですか？　何を知っているんですか？」

ここまで言って背を向けた。坂田さんに対する感情に身を任せてしまわないように、ゆっくりと呼吸をする。坂田さんに頼っても無駄だ。大貫さんに先に会おう。

「坂田さん、もういいです。坂田さんを頼ってきた俺がバカでした」

３つも年下の後輩からこんな悪態をつかれたのだから気分が悪いだろう。しかし、一太刀浴びせたいという思いが消えない。冷静を保とうと必死だったが、我を忘れて足元にあった空き缶を拾って強く握った。

「今日も変な人に有希のことで声かけられましたし。でも、よかった。坂田さんがこんなにもあてにならないのであればむしろ幸運でした」

潰れた空き缶をそっと置く。

「会うのですか？」

俺は掴まれているわけではないのに進めない。口調は変わらないが、背後からの声のトーンは俺の知っている坂田さんだ。

「もちろん」

俺は振り返ることができない。目を見て言いたかったが無理だ。

「やめたらいかがですか？」

後ろから響く言葉一つが重く、巨大な影がいるようだ。去りたいのに足が前に進まない。ただ、目を閉じ、自分を保つよう心掛ける。

「何でですか？」

「なんとなくです」

強く目を開いた。

「よく、なんとなくでそんなことが言えますね」

すぐ過剰に反応してしまう。坂田さんに対する怒りなのか、それとも恐怖なのか、どうしてこれほど興奮してしまうのか。坂田さんの目を見ればきっと嫌になり走れるだろう。恐る恐る振り返ると、坂田さんも俺に背を向けている。数秒の沈黙であるが異常な歪(ゆが)みだ。

「坂田。いつまで休憩しているんだ？　いい加減にしろ」

上司らしき人から呼ばれた。

「すまん、戻らないと。いつ、どこで会うんだ？　教えろ」

急に坂田さんが視界に飛び込んできて両肩をぐっと掴まえられた。眉間にしわが寄った真顔そのものだ。口調も顔色もすべて俺の知っている坂田さんである。

「い、言いたくないです」

俺はとっさに答えた。

「もう一度言う。行くな」

坂田さんは駆け足で去った。どっと汗が出てきて、しばらくその場に立ち尽くしていた。

結局俺の知っている坂田さんに戻った。つまり、坂田さんは作為的に俺をあざむいていた。そして、俺が知らない何かを知っている、もしくは企(たくら)んでいる。坂田さんへの気持ちは、怒りに恐怖が添付され、憎しみのようなものになった。

まどか珈琲店での有希の態度は演技だったのかもしれない。

※

18時55分。ノブサンド倉庫前に着く。スマホ一つあればどこにでも辿り着ける。とても便利だ。しかし、その分、見知らぬ場所への不信感は薄れていた。見渡すと外灯すらない。振り返ると帰り道も暗くてよく見えない。しばらく立ち止まったが、思い切って倉庫の扉を開ける。奥からぼんやりとした明かりが見えた。

「大貫さん？」

恐る恐る入っていく。ランタンを持って座っている人がいた。

「おお、蒼斗くん。来てくれたか」

遠くから声がこだまする。周りを見渡しながらゆっくりと近づいていく。足音の響き方が心音と共鳴する。ここはいったい何の倉庫だろう。大きな建物で木材が積み上げられ、鉄パイプが束ねてある。トレーラーの荷台のようなものも幾つも並べられている。

「まあ、座れ」

ドラム缶のようなものを指す。

「あの、ここは？」

「お前が聞きたいことは、そういうことじゃないだろう？」

大貫の顔は半分笑っている。

「ええ、まあ」

少し注意しながら座る。大貫は明かりをテーブルのようなものの上に置き、少し前かがみになった。

「彼女と会ったのは10月11日だったかな」

10月11日といえば、俺が留置所に入って4日目のことだ。

「紹介されてね」

「紹介、ですか？」

大貫は相変わらず不気味な顔だ。俺をちらりと見る。

「ああ、有希さんのほうから会いたいと」

まだ大貫が何を考えているのか分からない。

「有希とは」

「会ったのはその日が最初だ」

また話を遮られた。俺の聞きたいことが分かっていて、敢えて避けているのだろうか。

「それに、場所はここだ」

地面を指差し、俺の顔をじっと見てくる。

「ここ、ですか？」

男の俺でも入るのに躊躇したこんな場所に？　何のために？　疑問しか浮かばない。

「もっと大事なことがある。恐らく有希さんを殺してしまったのは俺だ」

「え」

どうしてそんなことをさらりと言えるのだろう。それに恐らくとは一体……。俺は今まで目に見える水面上で生きていたことを痛感する。自分の知らない暗がりの世界が目の前にある。その世界の住人に呼び出されていたのに、俺は何の疑いもなく、むしろ期待を持ってやってきてしまったのだ。もしかしたら生きて帰れないかもしれない――。大貫が少し悲しげに話を始める。

「ちゃんと使い方を教えな」

《カーン》

俺は全身で驚いた。俺の後方で突然鉄パイプの倒れる音がした。

「誰だ」

大貫は立ち上がり、ランタンで音のほうを照らす。同時に右手をポケットに入れる。人影は捉えられない。そして数秒の沈黙の後、パトカーのサイレンの音が近づいてきた。

「ちっ、また今度な」

そう言うと大貫は裏口のような場所から足早に出ていった。

「動くな」

何人もの警察官が飛び込んでくる。俺は逃げようとは思わなかった。少し真相に近づいたからなのか、胸を張るように遠くを見つめ両手を上げて立った。

「そのまま手を上げていなさい。名前は？」

「今岡蒼斗です」

「え？」

目の前の警察官が驚く。

「あっ」

俺も見覚えのある顔に声が漏れる。先日千鶴警察署で俺を図書館に案内してくれた小川陸さんだ。

「こんなところで何をしている？」

別の警官が近づいてくる。

「何もしていません」

「ふざけるな。こんな暗い倉庫の中で何をしていた」

「到着したばかりで何もしていません」

「いくつか聞きたいことがあるので任意同行願いたい。協力してもらえるだろうね？」

「はい」

パトカーの中で両手を眺める。今度は手錠がない。隣を見ると小川さんがいる。同じパトカーの中でも、状況が違うとこれほどの気持ちの差を感じるものなのか。パトカーから降りてからの足取りも先日の俺とは別人のように堂々としている。

※

「蒼斗くん。どうしてあの倉庫にいたのかな？」

前と全く変わらない取調室だ。小川さんはいない。

「知らない人に声をかけられて、ノブサンド倉庫に19時に来るように言われました」

「では、そこで何をしていたのかな？」

「すぐに警察の方々が来たので何もしていません。裏口からその人は出ていきました」

この前の取調べと比べて感覚が随分違う。俺は警察官に面と向かって対応している。

「あの。質問してもいいですか？　俺は警察を呼んでいません。どうしてあの場所に来たのでしょう？」

「こちらの質問に正直に答えてくれればそれでいい」

想像通りの言葉が返ってきた。どうして一方的な警察に対して俺が協力しなければならないのだろう。

「では、君はその人と全く話をしていないんだね？」

「はい」

淡々と嘘をついた。自分に対して少し怖さを覚える。しかし、今は自分の情報を基に大貫が捕まってほしくない。また大貫と会って話がしたいのだ。

「到着とほぼ同時に我々が来たということでよいのかな？」

「はい」

一度嘘をついてしまうと重ねて嘘をつく必要がある。倉庫内で倒れた鉄パイプの音が頭の中で鳴る。その音はまるで闇の中に落ちていくような乾いた音だ。もしかしたら誰かがあの場所にいたのかもしれない。自分なりに考えてみると、嘘をついたことを若干後悔する。

「持ち物検査をさせてほしい。持っているものをすべてテーブルの上に出してくれないか？」

素直に従う。携帯電話、財布……

紙がない。大貫から握らされたノブサンド倉庫の住所を書いた紙。ポケットにもう一度手を入れる。ヨシカズ電工で空き缶を強く握りつぶしたことを思い出す。

「携帯の中を確認させてもらってよいかな」

「どうぞ」

ロックを解除して渡す。俺は平然とした様子を維持し続ける。自分でも本当に俺なのかと思えるくらい堂々と。

「通話履歴はないな」

警察官同士で話している。

「次は財布の中を見させてもらえるかな」

「はい」

警察官同士が顔を見合わせて不思議そうな顔をしていた。

「なぜ所持金は２千円なのかな？」

「なぜって、普段からこのくらいですが」

また警察官は顔を見合わせている。

「では、この内容で間違っていないか確認して、よければサインしてくれ」


帰り道、行き先を真っすぐ見て歩く。ふと立ち止まって財布の中を見る。

俺の所持金はそんなに少ないのか？　所持金が多額だったらどうなっていたんだろう。

ネオンがまるで流れ星のように背景へと消える。危険な目に遭うかもしれないが、真相を調べる覚悟が固まる。

恐らく警察を呼んだのは坂田さんだ。もう少し時間があれば有希のことが分かったのに。それでも揺れない想いを踏みしめるように、前を見てゆっくりと歩いた。

家に着いても落ち着いて靴を脱ぎ、いつも通り手を洗う。見慣れた天井は本当に落ち着く。そして心の平定は余裕を生む。

俺にとってベッドは寝る場所というより考える場所だ。

大貫の言っていた「俺が殺した」とは、いったいどういうことだ。話が中途半端に途切れたことに雲がかかる。

そもそも有希はどうして大貫に会ったのか。興奮が冷めないからか全然寝つけない。時計を見るともう2時だ。

今、俺は先を見据えた決意をしている。重要なことは盲目にならないこと。一つ一つを大事にしなければいけない。しっかりと睡眠をとる。これは生活の基礎であるが案外大変なことだ。


――「ねえ、眠り方って知ってる？」

有希との印象深い思い出である。瑛心高校に入って初めてのお正月、冬休み明けの試験に向けて勉強していた時のことだ。瑛心高校ではどんなに成績が優秀でも、この試験で一定以上の点数を取れないと留年になる。

「眠り方？　考えたことない」

「そうよ、眠り方。赤ちゃんは寝かしつけられるのに、大人は寝かしつけられないでしょ？それは自分を眠らせることができるからよ」

「いや、単に眠くなってるだけでしょ」

「もう、そういうことじゃなくて。大人は自分で行動できるから、気持ち一つで朝までだって起きられちゃうのよ」

「何の話？　試験まであと4日しかないんだよ。この問題どうしても分からないんだ」

「あはは。じゃあ、今日はここまでにして明日またやりましょ。明日は朝8時に図書館で待ち合わせね！　遅刻するなよ〜」

「何それ。ただの意地悪じゃん」

おかげでこの日はもどかしい夜を過ごすことになった。もちろん朝8時には寝不足状態だ。

『身体が疲れていないときは、とにかく自分を安心させてあげてね。疲れているときは頭の中を空っぽにするの』

この時は、有希が何が言いたいのか分からなかった。試験前日、緊張で全然寝つけなかった。でも、有希の言葉を思い出し、自分を一生懸命安心させ無事に寝つくことができた。

有希は俺に生き方まで教えてくれた。湧き出る感情を鎮め、自分を落ち着かせる。これは思っているより難しい。

有希の教えを可視化し、頭の中で『無』という漢字をひたすら書き続けた。

長い夜

目覚まし時計が鳴る。今日も弱めの雨が降っている。当たり前の生活を送る大事さ。だからこそ学校へ向かう。教室に入る時には、もう何も緊張しない。しかし、今までと違って散漫状態だ。

「蒼斗、おはよう」

「おはよう」

冷静を装うだけで疲れる。決心や覚悟と反対に、実際何をしたらよいのか分からない。災害や事件にあった人たちが気持ちを切り替えて日常生活を送るのがいかに難しいかを知る。

「今岡、どこ向いてる？」

「あ、はい。ごめんなさい、嘘つきました」

「何を言ってるんだ？　この問題を当ててるんだ。前に来て解きなさい」

誰にでも解けるような簡単な問題だった。偶然なのか先生が気を遣って考えてくれていたのか。

席に戻ってから気がついた。誰も笑っていない。冷たい横目で何人かが俺を見ているだけだ。いつの間に自分をここまで追い込んでいたのだろう。手元に目をやるとノートの取り方がぐちゃぐちゃだ。これでは誰が見ても何も分からない。

ふと自分のメモを思い出した。1週間学校を休んだ時に感じたことをただ書いたノート。人間を過小評価して自分を励ました無意識のメモ。

この一連の出来事に関与する人を書き出して情報を補足してみよう。後から見ても思い返せるよう綺麗に。自分の分かっていないこと、もしくはすべきことが浮き出るかもしれない。ただ、今は落ち着いて授業を受ける。周りに迷惑をかけないように。これが今の最適な目標だ。学校へ来てよかった。感情的で無計画な行動をせずに済んだ。

帰宅後、机に向かう。ノートを出し『大貫』と書く。出来事は青色で、感想は赤色で書こう。大貫から接触があるかもしれないと淡い期待を持っていたが、これはない。大貫からしたら、俺が警察に声をかけてからノブサンド倉庫に来たと勘違いしている可能性がある。『大貫』の周りに情報を書き加える。

次に『坂田』『三上亜也加』『香原弁護士』『亮』『警察』と書く。

まず警察に×をつける。有希の死の真相に近づくとは思えない。三上さんは何も知っていなさそうだ。亮も相談には乗ってくれるけど、根本的な解決にはつながらない。二人に×と理由をつける。

坂田、香原弁護士、この二つに〇印をつける。そして無意識にも坂田の文字をぐるぐると幾重にも囲っていた。

坂田さんは、恐らく大貫のことを知っている。それに警察まで呼ぶくらいなのだから余程のことだと捉えているはずだ。確かに坂田さんの変貌は異様だった。大貫が俺に接触してくることまで想定していたのだろうか。

明日、坂田さんの仕事場に行こう。情景を想像するだけで緊張する。お互い冷静になれるような環境、準備時間も必要だ。仕事の邪魔をしないよう夕方以降に行こう。坂田さんの仕事が終わってから、ファミレスで会うことを提案するとよいかもしれない。別の日を持ちかけられても受け入れよう。

ベッドに入ると、頭の中でノイズに上書きするように、『無』という漢字を書き続ける。

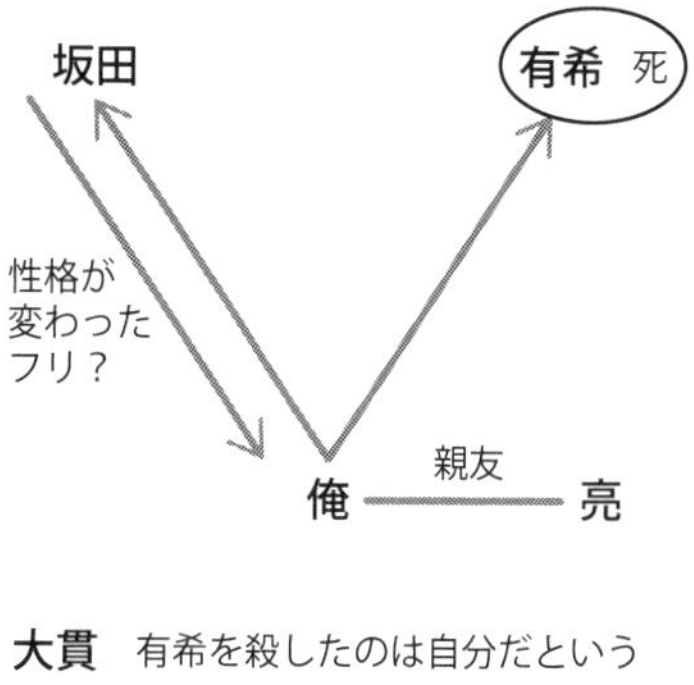

※

11月18日。あまり食欲がない。しっかり睡眠を取っていたつもりだけど、朝食も昼食も半分近く残してしまった。

アラビリの丘に呼び出したところから確認したい。坂田さんはどこまで知っていて俺を呼んだのか。人格を変えたかのように演技をしていたのはなぜなのか。そして有希の死をどう受け止めているのか。大貫のことを知っているようだが、なぜ俺と会わせたくないのだろう。ただし、こういう疑問を一方的に聞き過ぎてはいけない。

考え事をしているとあっという間に到着した。ヨシカズ電工の扉が開きっぱなしになっていて、中に多くの人がいる。

「坂田さんいますか？」

ざわついていて声がかき消されたのか、誰も対応してくれなかった。

「坂田さんいますか！」

さっきよりも大きな声で言った。すると剛士（たかし）建設と書かれたツナギを着た中年のおじさんが近づいてきた。

「今後の仕事のことで困っててよ。お前も同じなら名刺を出して順番待てよ」

　よく見ると店舗内にいるのはヨシカズ電工の社員だけでない。むしろ他の会社の制服を着た人たちのほうが多い。

「どういうことですか？　俺は坂田さんに話があるんです」

「だから、みんなそうなんだよ」

　おじさんは言った。そして、ヨシカズ電工の社員を睨みつけ、大きな声で続けた。

「坂田が逮捕されたんだって？　今後の打ち合わせとかどうなっちまうんだ！　ったく」

「逮捕ですか」

　俺の響き渡るような声で周りが静まり返った。

「なんだお前？　何しに来たんだ？」

　剛士建設のおじさんは俺を不審者のように見て立ち去ろうとする。

「待ってください。何で逮捕されたんですか？」

　見知らぬおじさんにもかかわらず詰め寄る。

「分かった。落ち着け」

　おじさんは驚きながらも得意げにスマホでニュースページを見せてくれた。

〈虚偽申告罪の教唆容疑で、坂田博人を逮捕〉

おじさんは満足げに俺の肩をぽんと叩いて行った。周りの雑音が全く聞こえなくなった。震える指で自分のスマホを調べる。もうネットの中では場所や方法の特定までされていた。

〈アラビリの丘で女が崖から飛び降り、坂田は崖下でボートに乗って潜んで待つ〉

〈女に『崖上で突き落とされた』と供述するよう坂田が指示〉

「ビーッビッビビー」

けたたましいクラクションに僅かに動じた。横断歩道を赤信号で渡っている。しかし、走り出すことも車を見ることもなく、ゆっくりと手を上げて渡る。有希の虚偽申告を坂田さんが指示していた。坂田さんは有希と結託して俺を陥れようとしていた――

側道に入ると再び何の音も聞こえない。頭の中でクラクションのリズムがこだまする。よく見るテレビ番組のイントロと同じリズムであり、その記憶が『アラビリの丘特番』を引っ張り出す。

アラビリの丘が撮影で使われる理由の一つに、飛び込むのに適していることが挙げられていた。波の割に海流が穏やかで、水深は5メートル以上ある。崖の高さもそれほどなく、撮影向きでも、自殺には不向きだという噂も思い出した。

あの時、崖下に坂田さんが隠れていた。文句を言うとかの次元ではない。俺は坂田さんと有希に逮捕されるように仕向けられていたのだ。二人で話し合った末の行動――

薄暗い天井はいつもと色が違う。天井が透けて奥にモニターのようなものが見える。そこには俺が必死になって右往左往している姿が映っていて、一歩引いたところでそのモニターを坂田さんと有希が笑って見ている。

そんなにも嫌われていたのだろうか？

そんなにも憎まれていたのだろうか？

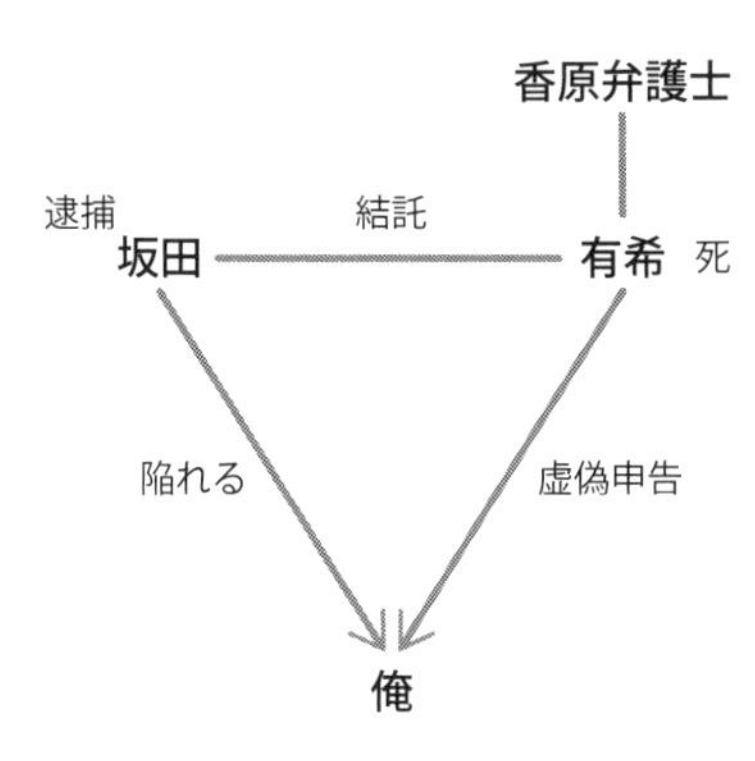

自覚があるならまだしも、何もない。たった二人だけど、この集合体から無限にも思える距離を感じる。

「なんで」

そう呟く俺の声が聞こえる。離れたところからぼんやりと俺の泣く姿が見える。

孤独とは、自分がいるはずの場所にいないと分かった状態だ。この孤独は恐怖よりも悲しさよりも、俺の心をいとも簡単に砕いていった。

見えないパーツ

11月19日。起きてから座ったまま30分ほど過ぎた。すでに14時。ぼーっとしながら、何気なく電話をかける。

「はい。香原弁護士事務所でございます」

受付の声を聞きながら覚醒していく。

「あ、おはようございます。今岡蒼斗と申します。本日いつでもよいので香原弁護士と面会したいのですが」

「こんにちは。少々お待ちください。今確認いたします」

保留音を聞きながら徐々に緊張してくる。自分の声がこだまして聞こえる。不思議と活き活きしている。

「今岡様。今すぐ来ていただいても大丈夫です。先生のほうからもお話ししたい内容があるようです」

「分かりました。ありがとうございます。すぐ伺います」

今度は何かが狂ってしまったのか、引きこもる気にならない。自分の人格がもう一つあって、その人格がいつでも自分を客観視しているようだ。

香原弁護士が俺に話したいことはなんだろう。何か深い関与があるのだろうかと一瞬勘ぐってしまう。ただ、今はそれでも構わない。なにせ頼れる人はもう香原弁護士しか残っていないのだ。

「いらっしゃい」

香原弁護士は笑顔で迎えてくれた。

「失礼します。突然」

お辞儀をする。

「いいえ、丁度こちらから連絡しようか悩んでいたところです。お座りください」

「ありがとうございます。あの、坂田さんが」

香原弁護士はどこまで知っているのだろう。そんな思いが俺の言葉を詰まらせる。俺の仕草に気づいた香原弁護士が立ち上がり頭を下げる。

「まず、本当に申し訳ないです。私も知らないことが多過ぎました。しかし、それでは済まされないと思っております」

「や、やめてください」

香原弁護士は悲痛な面持ちであり、俺は焦った。

「坂田さんのことも昨日初めて知りました」

香原弁護士はそう言った後、しばらく押し黙った。そしてそっと椅子にかける。しかし、香原弁護士の顔には陰りがある。つまりこの後、絶対口を開く。その言葉に期待する。長く感じる間(ま)を歯を食いしばって我慢する。

「ただ一つ伝えられることは有希さんの死因だけ。有希さんは、薬物中毒死です」

「薬物中毒⁈」

まさかと思う反面、真実だという確証も持てる。有希と喫茶店で会った時の陽気さというか異常さ。そして大貫の言っていた「ちゃんと使い方を教えなかった」という言葉。そして警察署での俺の所持金に関する警察官の対応。

「蒼斗くんは何か知っているのですか？」

香原弁護士は神妙な面持ちだ。香原弁護士を信じて取り合うべきか、それとも今は一旦家に帰って整理するべきなのか。しかし、今まで次々と新しいことが起き、一つ一つ解決をする間もなくまた次のことが起きてきた。この先も同じかもしれない。しかし俺が口を開こうとすると、先に香原弁護士が話し始めた。

「ただ、話さないほうがよい場合もあります。この職業柄、私を探偵のように思う人もいます。でも、私は個人的に有希さんの死因を蒼斗くんに伝えたかっただけなんですよ」

言葉が喉まで出かかっていたその時、俺の気持ちを察するかのように香原弁護士が話し始めた。

「君が悩んでいるのは本当によく分かります。ただ、私は力になれない。実際、事件性があるなら警察に行くようにアドバイスするでしょう。有希さんの死因は警察も知っているだろうし、必死に解明しようとしているはずです。私に話せば警察にも話すことになります。個人的には警察に任せるべきだと思っています」

香原弁護士が有希の弁護を担当したことに感謝した。そうでなければ今この事実を知ることはなかった。香原弁護士は俺なんかよりよっぽど先見の明がある。人生経験の差を見せつけられた。

「分かりました。重要なことを教えていただき、ありがとうございます」

前のめりになっていた俺は、大貫の話をするのをやめた。でも話を終わりにはしたくない。

「聞きたいことがあります」

「どうぞ、私が答えられることなら何でもお話しいたします」

「香原さんは、どうして有希の弁護をしていたのでしょうか？」

香原弁護士は少し眉をひそめた。

「仕事ではありますが、もう五年以上関わりのある方がおりまして。その方から有希さんの弁護を依頼されました」

そっとパンフレットのようなものを渡してきた。

【サポートステーション弁護士の会　～県、県警、サポートステーション、どこにアクセスしても必要な支援を受けることができます～】

「そういうことでしたか」

有希の周りには温かい人が多かった。不思議と千鶴警察署の小川さんの顔が浮かぶ。有希が逮捕されていた時、あの人が香原弁護士を紹介してくれたのかもしれない。

このまま帰るべきか悩み、結局立ち上がれずにいた。そして、幾らかの沈黙の後、俺は顔を上げた。

「なぜ俺に有希の死因を教えてくれたのでしょうか？」

香原弁護士はゆっくりと立ち上がり、壁にかけてある【行動指針】と書かれた額のようなものの下に歩いていった。

「私自身、こんな悲しい弁護人の結末体験がなくてですね」

香原弁護士の背中から言葉では表せない哀愁が汲み取れる。そして面と向かって言う内容ではないと俺に気を遣っているのも分かる。

「私は、有希さんから罪の意識以外の感情が見えなかった。不思議だったんですよ。とても、加害者の顔ではなかった」

若干震えているような声色だ。我に返るように香原弁護士は続けた。

「有希さんの思い、とでもいうのでしょうか。蒼斗くんの苦悩が手に取るように分かりましてね。私も仕事の範囲を超えて考えるようになってしまいました」

困惑と恥ずかしさが交ざり、どう返答するべきなのか分からない。それでも俺は黙っていい続けた。しかし、一分と経たないうちに沈黙が乗算され気まずくなり、香原弁護士は我に返ったように振り返った。

「困らせるようなことを言って申し訳ありません」

「あ、いえ。急な連絡に対応いただき、本当にありがとうございます」

俺は事務所を出た。外の風に当たると、分離しかけていた心が一つにまとまり始める。そして、いつも通り後悔の念が生まれた。

あの沈黙の1分間、「そう言ってもらえて嬉しいです」と素直に言えなかった。たった一言だけど、非常に大事な一言だ。これが有希を追い詰めた原因でもある。

俺はいろんな情報を求めて駆け回っているが、見つけようとしているものはいつも自分が欲しているもの。結局自分の問題は棚に上げている。人の温かさを感じたことで、俺の心はつぎはぎであることを自覚するだけだった。

空を見上げると雲一つない。夕日に照らされた一つの影を見つめて歩く。俺の影は今まで見たことのない深い闇、漆黒に染まっている。同時に、これほど綺麗な透明があるだろうかというほど透き通っても見える。小石を蹴ってもまるで自分の足ではない気さえするし、複雑で新鮮な感覚だ。

今日のノイズの色は白黒が反転しているようだった。

最高の笑顔

家に着くと珍しく両親が揃(そろ)っていた。

「おお、今日は3人で一緒に夕食か」

親父が言う。この一言で気がついた。俺は引きこもってみたり、解放的になって夜遅くに帰る日が続いたり、滅茶苦茶な生活をしている。何か起こる度に当たり前の生活をしようと思っても、結局できていない。

「最近はどうだ？」

テレビを見ながら親父が聞いてきた。

「うん、楽しいよ」

正直に言えない自分にうしろめたさを感じる。

「そう、よかったわね。確かに3人での食事はいつ以来かしらね」

母さんも入ってきた。母さんの笑顔を見た時、思わず箸を落としてしまった。両親は当たり前の日々を当たり前のように過ごしていない。その大事さをかみしめるように生きている。それだけではない。俺がこんな生活をしていることについて聞いてこないし、怒りもしない。これこそが俺個人を心から尊重してくれている証しだ。

「親父、母さん。ちょっとかしこまるけど聞いてほしい」

背筋を伸ばす。たった一言の大切さを伝えるのだ。

「いっぱい心配をかけた気がする。たくさん支えてくれてありがとう。でも、もう大丈夫。俺、たった今、大事なものが見つかった。これからはそれを大切にしてちゃんと前向きに生きるよ」

後悔と決別する意思を込める。

「なーに、突然。蒼斗がこんなこと言いだすときは何か買ってほしいときかしらね」

母さんが茶化すように言った。

「いーや、さすが我が息子。遂に生き方を身につけたな。俺には蒼斗の考えていることがよく分かるぞ」

親父は得意そうに母さんに向かって言う。二人の姿を見て俺は久しぶりに笑った。そして今までにない想いが生まれた。

『人生は俺一人のものではない』

事件から離れよう。ふと、大貫の車を思い出す。明日警察に知っていることを話そう。そういっても、小さなことしかない。しかし「隠し事はしないで警察にも全面的に協力する」この意思表示だって大切だ。

いつか両親に孝行をする。そのために今何が大事なのかを考えの基本とする。きっと有希だって喜んでくれる。少し軽快に階段を上がる。

俺の喜怒哀楽すべてを知っているこの天井、久しぶりに晴れ晴れした気持ちで眺めていると、今日のように顔が赤らんだ日があったことを思い出した。もう半年も前のことだ。

――「親父、母さん。話がある」

この時はかなり緊張していた。

「なんだ改まって」

親父はテレビを見ながら言った。

「俺、高校卒業したら結婚したいと思う」

かしこまった割に声は小さい。振り向いた親父はきょとんとした顔をしていたが、みるみる頬が緩んでいった。

「おお、そうか。美和はどうなんだ？」

すぐさま親父は嬉しそうに母さんのほうを向く。

「蒼斗が選んだことですもの、何でも応援しますよ」

母さんもにっこり微笑んでくれた――

実はその時「まだ早い」「一人前になってからにしなさい」と反対されると思っていて正直怯えていた。だから、両親揃っての賛成は想定外で嬉しかった。あの日が、つい最近のことのように思える。そして、この思い出にはまだ続きがある。つい先月のことだ。

――「ねえねえ、新婚旅行はハワイに行こうよ」

有希がカタログを開く。

「えー。海外行くなら俺はイタリアがいい」

「なんでイタリアなのよ。ハワイで行きたい丘があるのよ」

「丘ならアラビリの丘で十分」

「もう！　でも、海外は決定ね」――

俺は海外に行ったことがなく、あの日の夜、パスポートを作るために戸籍謄本を電子申請していた。

そういえばもう届いていたな。ふとそう思い、ベッドから起き上がり、机の上にある封筒を手に取った。住民票は何度も見たことあったが、戸籍謄本は初めてだ。

「名　蒼斗、生年月日9月10日、父純一、母美和、続柄長男」

役所の書類は淡泊であるが厳格だ。後でこの謄本を部屋の壁に貼ろう。

いつものノイズがまるで煙に見えて、玉手箱を開ける走馬灯まで見える。

『民法817条の2による裁判確定日10月10日、従前戸籍　東京都久登区澄江623の13　大貫蒼斗』

大貫蒼斗？　裁判確定日？
民法をスマホで調べようとしたがやめた。調べてもきっと想像と変わらない。

俺は産まれてたった1か月で、養子としてこの家の子になっていた。
秒針の音は大きく、その1秒は異常なほど長い。それに自分の心臓の音が重なって冷たい部屋になる。
潰れた心は何かを求めるように、ないものを探す。押し入れのアルバムをそっと開く。

後ろのページから徐々に時を遡る。
中学校（入学式）『夫婦揃っての参加に照れている様子』
小学生（授業参観）『授業より私たちを探すのに必死』
幼稚園（お遊戯会）『ちゃんとセリフ間違えずに言えたね！』

赤ちゃん『初めてのハイハイ♡』

1ページ目にはお腹の大きい母さんと親父の二人の写真がある。

『元気に生まれてきますように』

この写真だけは他のものと違う。俺を傷つけないための優しさと、その優しさがもたらす嘘。あふれる愛情でありながら、その愛情が覆い隠す真実。これらを具現化した漆黒の一枚。歴史の1ページ目が偽りなら、「今」の肯定の仕方が分からない。

この真実を知って流す俺の涙もまた真実だ。いくら泣いたところで何一つ変わらない。これこそが真実である。「たられば」の波が幾度となく襲う。

半年前なら「育ててくれたことに変わりはないよ」

半年前なら「俺の親父と母さんであることは変わらないよ」

半年前なら「有希と幸せになるから見ててよ」

こう言えただろう。でも、今はできそうにない。

今の俺にとって真実こそがすべて。有希や坂田さんの偽りの想いに打ちひしがれて、それでも立ち上がるのは両親がいたからだ。その両親を大切にしようと思えたからだった。

俺にとって『生きる』とは何だろう。『俺の存在』の意義は何だろう。

『今』とは、今以前を知り、これからを思う大事な時である。しかし、過去と未来とをつなぐ、この唯一の瞬間を、残念なことに大切にできない。

真っ暗なスマホの画面に映る俺の泣き顔は、これまでの人生で見たことのない最高の笑顔だった。

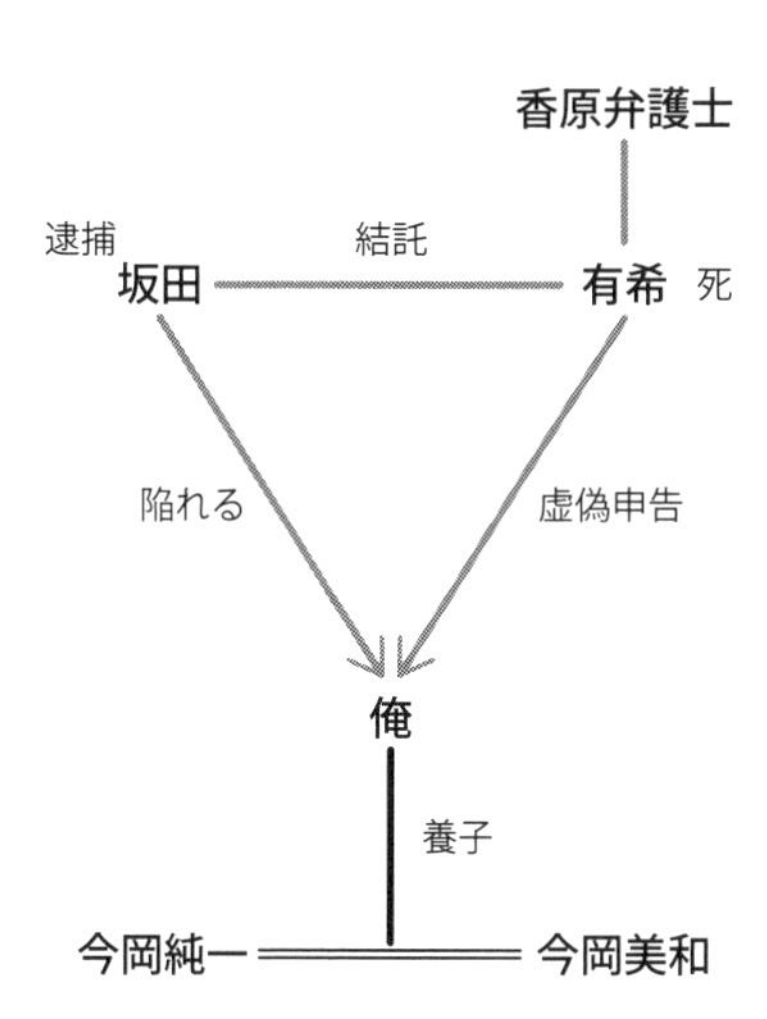

第二の人生

翌朝、まどろみのなか、ゆっくりと階段を下りる。水道の水を流し、両手に溜(た)める。しばらく手からこぼれる様子を眺める。手に入る水も、あふれ出る水も何ら変わらない。この水で顔を洗い、濡(ぬ)れたまま鏡に向かう。

目をそらすことなく鏡の中の自分を見つめる。水と自分を重ねて考える。

これだけで自分を納得させるには十分だった。自分でも見事だと思える切り替えだ。あの二人は生みの親でなくても俺の両親である。両親には強い誇りを抱いている。アルバムのあの1ページ目の写真、死産でもしてしまったのかもしれない。その寂しさの果てに俺が来たということだって考えられる。理由は何であれ俺には使命がある。両親に寂しい思いをさせてはいけない。しかし、昨日とは一つだけ違う決意を持っている。それは、俺の道を歩むこと――

やりたいことを遂げずに過ごすのは苦痛だ。それに両親は絶対賛同してくれる。

俺の名は大貫蒼斗。

頭の中で乾いたパイプの音がした。あの大貫に会いたい。早合点かもしれないが、実の親父か親戚かもしれない。重要な手がかりもある。戸籍謄本に書いてあった住所。そんなに遠い場所ではない。電車とバスを利用すれば40分ほどで到着する。

電車の中、窓越しに映る景色を見て湧き上がる感情がある。もう一人の俺を見る自分を自覚し始めている。不安を捨て去るように進む自分を窓越しに見る。でも、この視点がある間は二重人格にはならない、こう感じるほど冷静な思考も持ち合わせている。それだけではない。この思考はこれから待ち受ける現実を過度に捉えないための逃避方法でもある。

スマホの案内する場所に到着すると、そこは空き地だった。曲がりなりにも自己感情コントロールを行ってきたためか、この程度では驚かない。近隣の家を順番に尋ねていこう。

「知らないいね」

「私が引っ越してきた時からずっと家はなかったよ」

「昔は家があったみたいだけど」

空き地の周りの家を一通り当たったたが手がかりはゼロだ。遠回りしているのかもしれないが、一つ一つ確実にしていきたい。楽をしたくない。

「この辺りはニュータウン計画に基づいて引っ越ししてきた人が多いのよ。お店を当たってみたらどうかしら？　ほらあそこの共身パン屋さんとか」

少し離れた場所を指差しながら教えてくれた。

「ありがとうございます」

元気にお礼を言って共身パン屋に向かう。

「ああ、あったあった。でも俺がここに店をオープンした時、もう誰も住んでなかったよ。家が解体されたのは、10年くらい前だったかなあ。もっと昔からやってる店に行ってみるといいかも。その角を曲がって坂を下りた先に洋品店があったはずだよ」

「ありがとうございます」

また元気な声が出た。確かにこの辺りは新しそうな家が多い。ふと、歩くスピードが遅くなる。「知らない」と言われるより、何か手掛かりが見つかるほうが怖かった。開けてはいけない扉を開けていくようだ。それでも足は止められなかった。

右前方に随分古く、こぢんまりとした店が見える。扉には荒谷洋品店と書いてあり、敷地内に洗濯物が干してある。

「ごめんください。誰かいますか」

お店の扉を開け大きな声で言った。

「はいね」

返事の後にゆっくりと歩く音が聞こえる。そして、優しい笑顔で背中の曲がったおばあちゃんが出てきた。

「あの、突然ごめんなさい。この坂の上の交差点を、北に曲がって、１００ｍほど先の右手にある空き地のことなんですが。昔、人が住んでいたらしいんです。何か知りませんか？」

なんて下手な説明だろう。もう一回ちゃんと言わなければ。自分でも理解し難い説明をしている。

「知ってるよ」

さらっと言う一言に血の気が引くように感じた。

「あの、名前とか、覚えていませんか？　何でもいいです。知っていることを、教えてもらえませんか？」

言葉に反して恐怖心が強まる。全速力で走りながら話すように荒々しい口調だ。

「大貫さん。大貫美緒（みお）さんじゃよ。よく覚えとる。ちょこちょこ歩くお子さんと一緒に服を持ってきたでのう」

おばあちゃんはゆっくりと話す。俺は瞬きする余裕もない。

「でもな。昔旦那さんの運転する車で事故に遭ってなあ。美緒さんは亡くなってしまったんじゃよ。子供さんもその先はよう分からん」

大貫美緒。実の母親は、すでに死んでいる。ちょこちょこ歩く子供、俺は産まれてすぐの養子だから、兄か姉がいるということだろうか。

「旦那さん、その旦那さんの名前は覚えていませんか？」

なんとか声を絞り出す。息を吸うことさえ忘れて苦しい。

「分からん。旦那はほとんど会ったことがないんじゃ」

「そうですか。ありがとうございます」

「ただ、お前さんはその旦那によう似とるの」

何げない一言に息を呑む。おばあちゃんにとっては意味のない発言だろうが、今の俺には強く響く。

「ああ、一つ思い出した」

おばあちゃんは少し嬉しそうに話し始める。

「旦那の勤め先は山崎ＨＹＣじゃの」

心を直接掴まれているような気分だ。自分では強くなったと思っていたが、完全につもりだった。勤め先が亮の会社だとしても何ら問題はないはずなのに、受け入れるのに時間がかかる。何の確証もないのに、実の親と亮は知り合いかもしれないとか、勝手に頭の中で物語を作りパニックになる。

「大丈夫かの？」

「あ、ありがとうございます」

お礼をして立ち去ることが精一杯だった。新しいことを知る度に当たり前の生活からどんどんかけ離れていく。

どうして今来た道を戻っているのかも分からない。自分の心のような迷い子になるのを避けているのか。知った道を歩くことで自分を維持しているのか。

先ほどの空き地の前に戻ると手が震え始めた。この空き地に入りたいわけでもないのに、足を踏み入れなければならないと感じるのだ。

まるで何かを待つように、だが本来の居場所ではないことを自分に言い聞かせるように、空き地をしばらく眺める。そして、胸騒ぎが収まったことを確認し、無表情のままその場から離れた。

先ほど乗ってきた電車と今乗っている電車では、明るさも色が違う。音も違う。裁判所で勾留延長手続きをした後、戻ってきた留置所の中と同じだ。

ふとホームを見ると直弥がいる。しかも、スーツを着た体格のいい男3人に取り囲まれている。そのうちの一人に胸ぐらを掴まれた状態で何か言われている。山崎HYCに行くにはこの友木駅で降りるのが一番近い。なぜだか降りる理由を結び付ける。直弥の状況は自業自得に違いない。俺は関係ないし、巻き込まれたくない。そう自分に言い聞かせているのに電車から降りていた。

「ガキが、邪魔しやがって」

直弥は怒鳴られている。俺はもう怖いものなどないと思っていたが、それも思い違いだった。せっかく電車から降りたというのに割って入る勇気もない。

「悪いのはお前らだろ？」

こんなに必死な直弥を初めて見た。不思議と澄んだ目をしているようにも見える。直弥と見知らぬ3人、そして俺。この場所には他にも多くの人がいるのに、皆、無関係を装っている。はっとした。俺も同じ、ただの傍観者、背景そのものだ。

「やめなよ」

無意識に言っていた。我に返った時には遅かった。

「なんだお前？」

俺には見知らぬ人と言い合うほどの度胸はない。ましてや喧嘩なんてしたこともない。うつむいて立っていることしかできず、瞬く間に3人に囲まれた。

「おい。こいつは」

「ああ。ぼっちゃんの」

「間違いない」

近距離なのになんとも声が小さく聞き取れない。すると、なぜか、3人は走り去っていった。いったいあの人たちは何者なんだろう。

「どうも」

直弥は自分の服をはたく。

「何してたの？」

俺は苦笑いしながら言う。まだ心臓の音がやまない。

「人助け」

そう言いながら直弥は淡々と電車に乗り込んでいく。俺も後を追って隣に座る。本当は有希の話をしたいけど、心に土足で踏み入ることはしたくない。

「人助けって何だよ。誰もいなかったぞ？」

「逃げてった」

相変わらず状況がよく分からない。

「亮の会社に面接でも行ったのか？」

心の距離を縮めるために、直弥は俺には慣れないふざけを見せる。

「そうっすね」

ぐしゃぐしゃに丸められたパンフレットをポケットから出して渡された。パンフレットには「山崎ＨＹＣで一緒に働こう」と書いてある。冗談のつもりだった分、固まるしかない。

直弥にとっては、あんな大人と揉めることは日常茶飯事なんだろうか。でも、その直後だというのに、どうしてこんなに普通にしていられるんだろう。俺は未だに震えを隠すのに必死なのに。

「これから亮さんとこ行くんすか？」

「だったら、何だよ」

弱気なところを感じられたくなくて、少し虚勢を張って言う。

「後日二次試験です。って言っといてください」

よくこんなときにふざけられるなと呆れた。

「あのさぁ」

ここまで言ってうつむいた。この話題を始めたのは俺である。

「やっぱり何でもない」

俺の言葉には勢いの欠片も無く、自分に聞こえたのかも不明なほど小さかった。適当な言葉が見当たらない。幾らかの沈黙が訪れる。鼻歌でも歌い始めそうなほどリラックスしている直弥と気まずい俺。何がこの差を生むのだろう。

「じゃ」

直弥は俺の降りる弓狩駅の一つ前の鯉唄駅で降りていった。扉が閉まると俺は待ち焦がれていたかのように息を吐く。やはり直弥は苦手だ。しかし、直弥の背中は驚くほど悠然としていた。

弓狩駅に着く。自然と亮の家へ向かって歩く。しかし、直弥に促されているとは思いたくない。こういう心にモヤがあるときの行動は決まっている。近くまで行っても、家には近づけないのだ。時刻は14時だ。恐らく亮はまだ学校だ。そう自分に言い聞かせ、ただ立ち尽くすだけだった。

30分も経っただろうか、亮の家の門が開いた。そして1台の車が出ていった。亮の家の車にしては少し古めで似つかわしくなかった。お客さんだろうか。

車を見送る家政婦の石田さんが俺に気がつく。どうぞという感じで会釈される。俺は流れつくのを望んでいた流木のように亮の部屋に案内された。

「亮」

「どうした、浮かない顔して」

亮は心配そうに俺を見てる。

「ってゆーか、お前学校は？」

俺はどうでもいいことを聞いていた。

「ああ、昨日親とちょっといろいろあってな。今日はずる休みしちゃった。ってゆーか、お前こそ学校……」

「あー、もう気が狂いそうだよ」

不思議なことに、この一言でずっと続いていた手の震えが止まった。親友とはそういうものだろうか。感情を心底から吐き出しているようだ。

「手を貸せる内容か分からんけど、とりあえず言ってみろって」

亮の言葉は素直に嬉しい。亮の家に来て正解だ。俺に気づいて案内してくれた石田さんにも感謝した。あのまま帰っていたら無駄にあれこれ考えただろう。

「今、親父さんとかいるのか」

「あ？　いつも通り俺は一人だよ。知っての通り両親が家にいることなんてほとんどない。それに昨日喧嘩したんだ。もう顔も思い出したくない」

「そっか」

改めて、誰にもいろんなことがあるんだなと思う。

「って、俺の親子喧嘩なんて心配する余裕あるのか？」

亮が笑いながら聞いてくる。

「いや、ごめん。一つ調べてほしいことがあって。親父さんの会社に大貫って社員がいるかどうか調べてほしくてさ」

亮の表情が少し変わった気がする。眉間にシワを寄せ、しばらく黙り込む。

「無理そうか？」

弱気な声しか出ない。人の目が変わるのにはもう懲りている。そして、俺はうつむく。疑心暗鬼になる自分が嫌だ。反応一つで亮まで怪しんでしまう。何を疑っているのかも分からない疑いだ。でも、よく考えると親の会社といえども、社員のことを調べてほしいだなんて無茶な要求をした気がする。

「オッケー、調べてみるわ。ちょっと喧嘩中だから気まずいけど、なんとかする」

亮の声は明るく笑顔である。

「それだけでいいのか？」

それだけ、と言ってくれるのか。俺は自然と顔を上げた。

「頼む。ありがとう」

「分かった、分かったから元気出せ！　お前が落ち込んでいると俺まで気が滅入る」

「ありがとな。ホントに」

自宅へ帰る道のりでの自問自答はもはや日課である。夕日の沈み方が切ない。

『本当に今を大事にできているのか』

最近少し分かったことがある。忠実に言葉に表せないような感情が生まれる時、あのノイズが走るのだ。

家の前で立ち止まって下を見る。影の色が薄い。

なんだか怖くなり急いで家へ駆けこむ。天井はいつもと同じ色――

『二度と戻れない道へ踏み込んでいる』

いまさら知らないことにできないことばかりだ。横目で戸籍謄本を見る。見えない糸に引かれ、その糸の引く強さが増している。そして、その先に待つものが見えない。

暗闇から引かれる糸。すべてがはっきりした時、俺は毎日楽しく生活できるのだろうか。そして、この考察に心がゆっくりと押し潰されていく。俺の心が俺のものでなくなっていくのではないかと不安になる。このまま、もう一人の俺が俺を動かすようになる。

でも、それも、きっと悪くない。

そう思うと久々に肩の力が抜けて自然と眠ることができた。

亀裂

11月21日。当時の新聞を調べたくなった。実の母親が亡くなった事故のことが載っているかもしれない。この事故が原因で、俺は養子に出されたのかもしれない。知りたくて動いているのか、怖いもの見たさで動いているのか分からない。

則文(そくもん)大学附属図書館へ向かった。考えて動いているというより、また誰かに背中を押されているような感じだ。俺の誕生日の同年9月10日から10月10日までの1か月分、これくらいの新聞を調べることなど大したことではない。

「すみません。過去の新聞を見たいのですが」

「どのくらい前のものでしょうか」

「18年前です」

「18年前ですと、当館ではマイクロフィルムでの閲覧ができます。日付はお分かりでしょうか？」

「はい」

よかった。どれほど前までの新聞が残されているのか不安だった。

「機器の使い方を説明いたしましょうか？」

「お願いします」

3社分の新聞を日付順に探すことにしよう。小さい字が並ぶ画面から目的の記事を探すことは想像以上に疲れる。しかし、不明瞭な期待は不安に勝る。こういう精神状態のときは、俺は冷静に考えることができる。記事を見つけたときのシミュレーションまでできる。見つけた瞬間、国語のテストが始まったと思えばいい。誤解しないよう必ず1字1字落ち着いて読む。過去の事実は変えられるものではなく受け入れるものだ。そして、それ以前に大事なことは、記事を見つけるまでのやり方だ。まず没頭し過ぎない。適度に休息を取る。焦るあまり見落としてしまっては遠回りだ。きっちりと1ページずつ潰していくことで着実に進み、振り返る意義を完全になくす。これが心身共に良い状態で、自信を持てるやり方だ。

昼ご飯を食べに公園へ向かう。平日の昼間だからか人はいない。無風で寒くなく、日差しがなんとも心地よい。こんなにおいしいご飯は久しぶりだ。

のどかな気持ちで食事をしていると理想のシナリオまで浮かんできた。記事はすぐ見つかるのではなく、一定期間探してから見つかるのがいい。

走らず歩いて図書館に戻る。夢中になっている時間はとても早く、快適でもある。

今日は何も見つからなかったけど、俺はとても満足した。

翌日も、その翌日も図書館に行き、軽やかに帰る。記事は見つからないが、往復の足取りは弾んでいる。今日で9月22日までの新聞を見終えた。

俺の予想は、9月末辺りだ。

心の準備も整えた。受け入れて前へ進む。今は重要なことをやっている。

※

11月25日。遂に同年10月10日までの新聞を隅々まで見終えた。しかし、記事は見つからなかった。

10月を調べ始めた辺りから生まれていたこの虚無感はなんだろう。見つかるはずのものが見つからなかったという思いだけではない。まるで裏切られた感覚だ。マイクロフィルムの前から離れられない。画面をじっと見つめる。しばらくしてやっと立ち上がり、無意識に近い状態で歩き出した。

図書館を出ると冷たい風がふわっと俺に触る。するとその風にあおられて、自分を空から見下ろし始める。

俺は夢中で新聞を調べている。滑稽で哀れな姿だ。眼下の俺は「実の母親が亡くなり、そのために養子になった可能性探し」をしているのだ。「養子に出されるしかなかった」と自分を納得させるためだけに。

ベンチに腰掛けて目を閉じる。すると、遂に俺の中に《もう一人の俺》が現れた。過去にも幾度となく語りかけてきた《もう一人の俺》。

〈いつも終わってからだよね。いつか達成できる、いつか報われる、そう思い込んでいるから〉

「じゃあどうすればよかったんだよ」

目を開き、立ち上がりながら誰もいない周りの景色に向かって叫ぶ。心が生ぬるいと感じる不気味な時間。

♪♪♪

電話が鳴り、我に返る。亮だ。

「もしもし」

慌てて電話に出た。気が動転していて俺の息遣いは荒い。

「この前の話だけど、うちの会社に大貫さんという人は今にも過去にもいないみたい」

亮はさらっと言う。いないはずがない。この瞬間、あろうことか《もう一人の俺》と亮が重なってしまった。

「いい加減なこと、軽々しく言うなよ」

ジワリと冷や汗が出てきたが遅かった。

「いや、俺だって会社に頼むの大変だったんだぞ。個人情報の問題とかあるし。人事部に確認して、俺もこの目で記録を確認したばかりなんだ」

「そ、そうだよな。ごめん」

「今はまだ親父の会社だし、この前言ったように喧嘩中だからあまり長居したくないんだ、じゃあな」

「ちょっと待って」

切られてしまった。こんなときこそ落ち着かないといけないのに。謝ろうと思い、かけ直したけど出ない。

かつて見たことのないレベルのノイズが走る。大切な亮の信頼を失い、やっと気がついたことがある。《もう一人の俺》の存在、それはただの甘えであって、《もう一人の俺》も紛れもない俺だ。二重人格などではない。

自分で考えたことがうまくいかなかったとき、俺は誰かのせいにする。しかし、今の俺は人のせいにすることすらままならない。だから自分の化身を想像し、そいつの責任か自分の責任に振り分ける。いずれにしてもどちらかに文句や嫌味を言うだけだ。この繰り返しを今まで幾度となく行ってきた。俺は、どれほど心が弱いのだろう。

亮、本当に申し訳ない。電話をかけたいけど、ぐっとこらえるしかなかった。

※

自分の影をぼーっと見つめていた。2時間くらい経っただろうか。空を見上げると雲一つなくなっている。また自分の影を見る。香原弁護士が有希の死因を教えてくれた時と同じ影の形だ。

「職業柄、私を探偵のように思う人もいます」

香原弁護士の言葉を思い出す。何か調べごとをするツールがあるのかもしれない。

公園まで走る。そして水を飲んで顔を洗う。深呼吸をして椅子に座る。

「はい、お電話代わりました、香原です」

「香原先生。蒼斗です」

「やあ、こんにちは」

「こんにちは」

　しっかりと挨拶をする。

「突然の電話で申し訳ありません。大貫美緒さんという方が死亡した交通事故があります。その正確な日付って調べてもらうことはできませんか？」

「何か進展しているようだね。ただ、調べるにも、名前しか分かりませんか？」

「いえ、大貫美緒さんは久登区澄江６２３の13に住んでいました」

「それは有益な情報ですね。何とかなると思います。分かり次第連絡します」

「あの、できたらもう一つ。その事故を起こした運転手は大貫美緒さんの旦那さんです。その方の名前も知りたいです」

「なんだか深刻なようだね。分かりました。それも調べてみます」

「ありがとうございます。よろしくお願いします」

　連絡がくるまでじっと我慢する。こんなこともできないようではまた空回りするだろう。それだけならまだしも、大事なものを失っていることにさえ気づかない。

「蒼斗くん。一つ思い出したことがあります。有希さんは花を気にされておりました」

「あ」

俺は青ざめる。

「特に、蒼斗くんと有希さんのお二人が留置所に入っている間に非常に気にされておりました」

「思い当たることがあります。本当に何から何までありがとうございます」

――アラビリの丘の近くにある大地歩公園で、今年の春に「未来の花イベント『優樹』」が行われた。俺と有希はその参加者だった。家族、カップル、友達、会社など、種類を問わない団体が応募することができ、当選した87組に花が贈呈される。各組それぞれ花の種類が異なり、公園の中に植える場所が決められる。一番のポイントはそこに植えた花は植えた本人たちで管理することだった。

『今岡蒼斗さん、泉有希さん。応募名『はるき』のお二人ですね。おめでとうございます。花はリンドウですよ』

市の担当者の言葉である。アラビリの丘が見える木陰に植えたリンドウ。

『リンドウは乾燥が苦手です。水の管理には気を遣ってくださいね』――

事件以来俺は一度も水をあげていない。有希は開花を楽しみにしていたのに。

「有希、本当にごめん」

　大事な思い出までも自分で枯らしている。今まで山のように時間があったのに。気づいた後悔を償うように走る。でも、どれだけスピードを上げても時間は巻き戻せない。この角を曲がった先の光景をどのように受け止めるのか、そんな心の準備は全くできていない。

　走るスピードが極端に遅くなり、徒歩に変わる。疲れも喉の渇きも忘れ、それに勝る感情が次第に俺を包み込んでいく。

　美しいリンドウが咲いていた。目を丸くして見入り、立ち尽くす。聞いていた以上に大きく青い、綺麗な花だ。染みる汗なのか、何かの液体が俺の目から流れ、その滲み方が一層現実を引き立てる。引き寄せられるように葉に落ちた雫に触れる。俺のようないい加減な管理者のために、市の職員が見回りに来てくれていたのかもしれない。

「リンドウの花言葉って知ってんすか？」

　突然の声かけに驚いた。振り返ると直弥がいる。

「花言葉？」

「悲しんでいるあなたを愛する、だってさ」

　直弥の意味深というか、皮肉交じりの言い方に俺は何も言い返せない。しかし、今までのような嫌悪感が全く湧いてこない。むしろ初めて直弥に親近感を持った。俺は直弥に背を向け、花を見る。かすかに風に揺れるリンドウの姿を見てはっとした。直弥が花言葉の意味を教えてくれるときは、俺を試すような挑発的な表情をするはずだ。でも、さっきの直弥にはそれがなかった。俺の後ろにいる直弥に向かって言う。

「なあ、直弥。お前もしかしてこの花に」

これ以上は聞けない。手の汗を服で拭う。

「直弥、俺たち、しっかりと話したことなかったよな」

もっと俺から話を続けなければ。俺なりではあるが限界まで直弥に歩み寄らなければ。

「茶化されてばっかりだと思ってたけど、今まで真面目に向き合おうとしてこなかったのはむしろ俺のほうだったのかもな、ごめんよ」

そっと後ろを振り返った。誰もいない。

いつの間に直弥はいなくなったんだろう。

直弥と一緒に花を見るなんて今までは考えられないことだ。そしてこの綺麗に咲いたリンドウの花。まるで有希が近くに寄り添ってくれているみたいだ。

直弥が教えてくれた花言葉の意味を自分なりに解釈した。

「人生は心身共に苦難の道である。しかし、今この瞬間、悲しんでいた俺はこのリンドウの花によって間違いなく癒された」

顔を上げ、夕焼けを見た。

影はいわば過去だ。照らされて映る自分の過去。夕日を背に歩き出す。

「ありがとな」

俺の前を歩く自分の影に向かって言った。

生き方マニュアル

11月26日。俺はなんて忍耐力がないんだろう。待つことが辛い。スマホばかり見て過ごしてしまう。家の電話からスマホに電話をして電話機能が壊れていないか調べた。トイレへもスマホを持っていく。

香原弁護士から連絡が来た時に出られなかったらどうしよう、何も分からなかったと言われたらどうしよう。こんなことばかり考える。

一日が長い。こんな調子で1週間も生活したらどうにかなってしまいそうだ。よく考えてみると、香原弁護士はなぜ快諾してくれたのか。俺の要望は香原さんの仕事として成り立っていない。本当に応えようしてくれているのだろうか。何も調べていない可能性もある。

駄目だ。信じることを恐れてはいけない。俺は、期待をして、その期待に応えてもらえなかったとき、捨てられたと思ってしまう。だから期待をしないようにするだけでなく、相手のことを悪く考える。自分が傷つかないようにするために。

天国の有希に心から申し訳なく思う。俺はきっと頼りなかった。有希のことを考えると、焦ったり後悔したりするのではなく冷静になれる。

亮への謝罪の電話も、多くて2日に1回にしよう。一方的に何度も電話するのは自分のエゴを押しつけるだけだ。

「受験勉強も部活動も、ひいては人生において自分を知ることが大切です」

突然、有希の言葉を思い出した。1年前、有希が俺の勉強を見てくれていた時にかけてくれた言葉だ。有希はちょっと得意げでいて、恥ずかしそうでもあった。

「そんなことといいから、この問題の解き方教えて」

その時の俺の返答だ。有希の言葉は、俺に欠けているものそのものだった。自分の弱さを知り、認める。これができないと結果は付いてこない。つまり忍耐の仕方だ。

おもむろに机に向かう。今の感情を書き留めておきたかった。

『過去』『現在』『未来』と書き、その下に簡単な人の絵を描いた。そして『過去』の人の下に『後悔』と書く。

後悔しているときというのは、過去の視点のまま過去を見つめているとき。

『過去の人』から『後悔』に矢印を引く。

未来は自ずと訪れる。

『現在』から『未来』に矢印を引く。

未来は未来のみで存在しない。過去は過去のみで存在しない。いずれも現在と共に存在する。

『現在』から『過去』にも矢印を引く。

辛い過去であっても現在の視点で見つめる。大事なことはこの過去をどうやって現在と合わせるか。

改めて新しい線を『現在』から『過去』へ伸ばす。そして、そのまま下の『後悔』へ下ろし『現在』へと進める。更に『現在』で止めることなく『未来』まで伸ばし矢印にした。

最後に、最初に引いた過去の人の絵から『後悔』に引いた矢印に補足する。

「単なる後悔は新しい後悔を生むだけ」

―後悔の仕方―

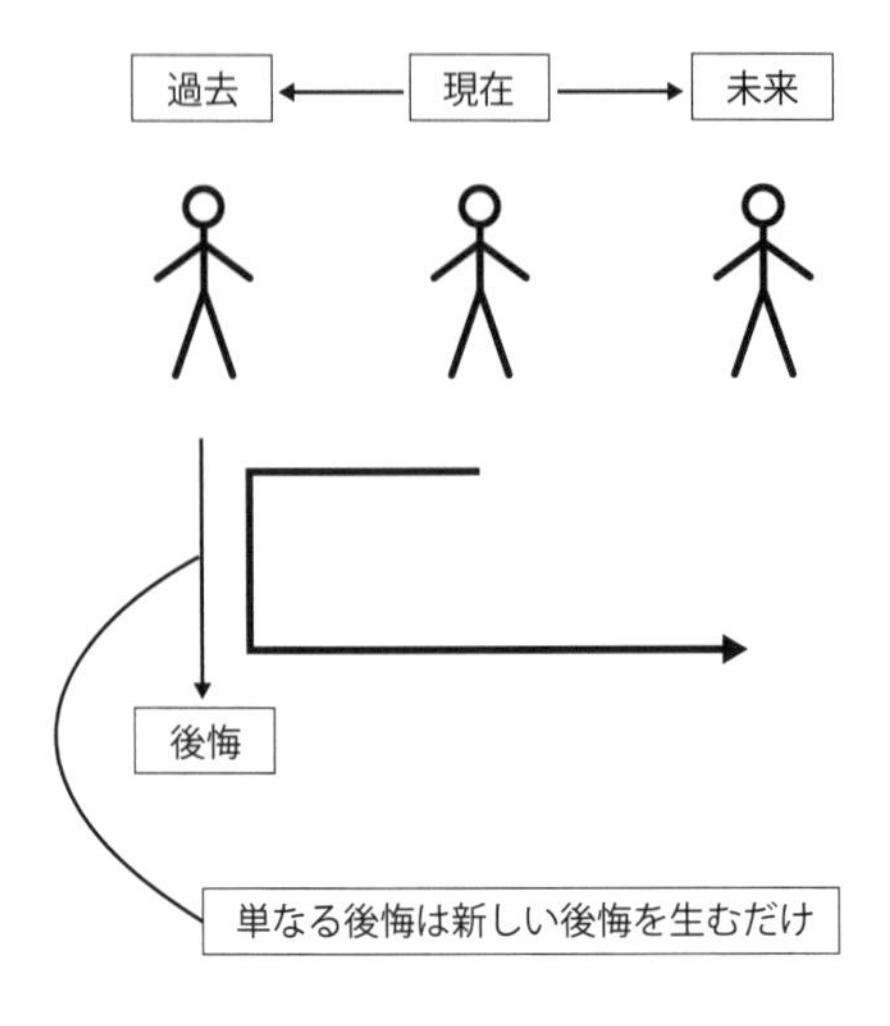

俺のなかには自分が認めたくない嫌な部分がある。これを自覚するのは辛い。だが、今あるこの嫌な部分には新しい自分の素、新しい自分が生まれるきっかけがある。新しい自分が生まれるきっかけと共に生きると思うと、矛盾が希望に変わる。

俺は自分の生き方マニュアルを作り上げた。

過去は変えられない。しかし、過去が持つ意味は、今による。

※

11月30日。ついに香原弁護士からの電話が鳴った。この画面を見ることを夢見て過ごした。仮に結果が伴っていなくても俺は胸を張れる。

「はい、もしもし」

「蒼斗くん、すべて分かりましたよ」

「ホントですか？」

「事故は10月20日に起きています。運転手の名前は大貫滉（あきら）という方で美緒さんの夫です」

「ありがとうございます」

「それから。ええと、ですね」

声色から俺のことを心配しているのが分かる。香原弁護士も俺の生い立ちを把握したのかもしれない。

「自分は、あくまでも前に進むために過去を理解しようとしています。だから、未来にはちゃんと笑って香原弁護士のところに顔を出します」

「蒼斗くん」

香原弁護士の声は温かかった。

「それでは失礼いたします」

ゆっくりと図書館へ向かう。ここから目にするものに右往左往してはいけない。そう思うたびに亮の笑顔が浮かぶ。自分の未熟さゆえに傷つけてしまった亮に謝りたい。前進するためには絶対に譲れない道である。亮とは何かを見つけるといつも共有してきた。当然喧嘩もしたが、最後は必ずお互いに認めあった。

「受け入れる喜び」「受け入れてもらう喜び」「受け入れ合う幸せ」

どうしてこんな大切なものをないがしろにしてしまっていたのだろう。

※

　同年10月20日の新聞。『暴走車ユーカリ商店街を急襲!!』まさかの新聞一面だった。「助手席に乗っていた大貫美緒さん死亡。運転者大貫渂を建造物損壊の疑いで現行犯逮捕。大貫美緒さんの腹部には刺傷があるため殺人容疑も含めて捜査中。なお同車していた夫婦の子一人（幼児）は無事」と書いてある。

　俺の誕生日は9月10日。そして養子になったのは10月10日。俺が生まれ、養子に出され、比較的すぐ起きた事故となる。

　10月20日以降の週刊誌も調べた。『日本でもついにテロ』という見出しで特集が組まれていた。

　大貫の写真もある。俺は、面影のある顔から目を逸らさなかった。

「意図的に事故を起こした。被害を大きくすることしか考えていなかった」

「歩行者天国を車で走ってみたかった」

「ユーカリ商店街は日本最大級の商店街だから封鎖させてみたかった」

「殺人はしていない」

　大貫被告の供述内容だ。そして数日後の雑誌には『大貫被告、事件後勤務先の山崎ＨＹＣを解雇』と書かれている。これほど大きく取り上げられているとなると、たとえ昔の事件とはいえ、山崎ＨＹＣとしては大貫という名前だけですぐ分かるだろう。殺人事件に関しては不起訴という小さな記事もあった。

『大貫の勤務先山崎ＨＹＣの対応に称賛』という見出しの記事もある。大貫の直属の上司が実名を公表した上でインタビューに応えている。

「信じられないという気持ちしかありません。しかし、現実に起きたことです。ユーカリ商店街の方々に申し訳ない思いでいっぱいであり、近日中に会社として謝罪のために訪問させていただく次第です。同時に復興支援のため寄付を行うことも決めました」

実の親が起こした事件と思うと、亮に申し訳ない思いでいたたまれない。今日は日曜日。亮は家にいるかもしれない。新聞と週刊誌のコピーを持って亮の家に向かった。

〈8年前、俺らが生まれた年の10月20日にテロのような事件があって、この事件の犯人が俺の本当の親だと思う〉

亮にそんなことは言えない。蝶（ちょう）のように飛び交う葉がまるで俺のため息で舞っているようだ。そして、この葉は地面に落ちても尚舞い上がる。まるでいつもの思考パターンだ。

もしかして亮は知っていたのかもしれない。でも、俺に気を遣って何も知らないフリをしていたんだろうか。

いや、それはあり得ない。そもそも俺が養子であること、それだけでなく元の苗字まで分かっていないとできない気遣いだ。それなら今までもっと不自然なことがあっただろう。また俺は勝手に仮定を作り、現状と結びつけようとしている。これは俺が傷つかないための浅はかな仮定だ。

今は亮を信じなかったことへの謝罪をするのが一番の目的である。そう考えていると、いつものノイズとともに何かがキラキラと見え始めた。この時期に見たことがない、とても綺麗な風花（かざはな）だった。

インターホンを鳴らす。今日は石田さんが亮に確認もせず案内してくれた。石田さんは俺たちの仲を取り持とうとしてくれていることがすぐに分かった。

「亮さん、蒼斗さんがお見えになりました」

「ああ？　何で通したんだ？」

石田さんはとても困っている。今度は俺の番だ。

「お、俺が石田さんに無理言ったんだ」

石田さんは驚いた様子で会釈して去っていく。

亮とはこの前の電話以来である。非常に気まずい。しかし、俺が悪いのだから、俺から話しかけるべきだ。黙って外を見ている亮に勇気を出して声をかけた。

「亮、言いにくいんだけど、大貫って名前の人、亮の会社にいたんだ」

そう言いながらコピーを渡す。亮は受け取ってじっと見る。こんな大事件、いずれ分かる。俺はもう亮に何も隠したくない。後でどちらかが気を遣うようなことは、もうしたくない。

「ああ、ほんとだな。すまなかった」

亮は分が悪そうに言う。

「でも、亮が意図的に知らせなかったとは思ってない。きっと調べてくれた時に見落としただけだと思う。本当にありがとう。そして、本当にごめん！　俺、どうかしてた。俺の態度本当に悪かった」

亮と仲直りできればそれでいい。失ってから取り戻すのではなく、失わないように心から大切にしたい。俺は頭を下げながら話を続けた。

「この件をどうしても調べたくて。でも、俺、見えてないものばかりだった。これ以上言い訳しない。だから、仲直りしてくれないか。本当に、本当にごめんなさい」

誠心誠意謝った。顔を上げられなかったが、これだけの気持ちを見せれば仲直りできると、いつも通り勝手に、そして自分の都合の良いように考えていた。

「蒼斗、すまん。謝るのは俺のほうだ。俺は、知っていた」

「え」

数秒の沈黙が幾多の時間を感じさせる。顔を上げられない。でも、何か言わないと。

「何を？」

聞き間違いではないかという願望を込めて俺は聞き返した。

「ってゆーか、もうやめろよ。いろいろ嗅ぎまわるの」

亮の言い放ちようは衝撃だった。怒りが入り交じっているように声が震えている。

「どういう意味だよ」

俺の声は弱々しい。ゆっくりと顔を上げる。亮は俺を睨んでいるようだ。

「もう帰れ」

そう言う亮の手には非常ボタンが握られている。

「ちょっと待ってくれよ、亮」

言葉も虚しく、石田さんが駆けつけてきた。頭の中は真っ白だ。しかし、困惑した表情の石田さんをこれ以上困らせるわけにはいかず、去るしかない。

想定外の現実に戸惑いしかない。絶対に分かり合いたいと思ってきた分、真逆の結果を受け止める余裕がない。分かり合うどころか見たこともないような壁を、そして見たこともないような亮の目を見た。この戸惑いが俺を何度も亮の家のほうを振り返らせた。

石田さんはずっと俺に向かって頭を下げている。ここで戻っても石田さんを困らせてしまうだけだ。これから先、亮と笑い合える日は来るのだろうか。足取りは重く、夕焼けが赤い。

ベッドで天井の一点をぼーっと見つめる。

俺にいろいろなことがあったように亮にだって――。この前、親と喧嘩したと言っていた。その話も何も聞いてあげなかった。俺は自分のことばかりで、亮への配慮はどれだけできていたのだろう。

手をそっと目の前に持ってくる。電気の明かりが目に入らなくなる。今度は影になった手のひらをじっと眺める。

照らされて見えるものがあるということは、同時に影が生まれ見えなくなるものがあるということだ。そして、その明かりが強いほど影は一層暗い闇となる。しかし、この闇ですら紛れもない現実だ。手を動かさないようにそっと起き上がる。電気に照らされ夕焼けのように赤い手の甲をじっと見る。そして手のひらを上にした。

一つ一つ分かっていくことで心のなかに揺れない火がともる。その灯(ともしび)は大切な人という燭台(しょくだい)があってこそ存在する。俺にはいつも大切な人がいてくれた。

今はこの信念があるからか孤独を感じない。感謝の想いは持つだけでなく伝えなければ意味がない。

有希の顔が浮かぶ、もう二度と有希には伝えられない。

亮、本当に申し訳ない。

どんなことがあっても、何を言われても、俺は亮の心に寄り添う。一時の嫌悪を全身で受け止めては駄目だ。そんなときこそ親友の真価が試されると決心したばかりだったはずだ。

この想いを必ず前へ。手を握って手の平を闇にした。ノイズを越える闇にした。

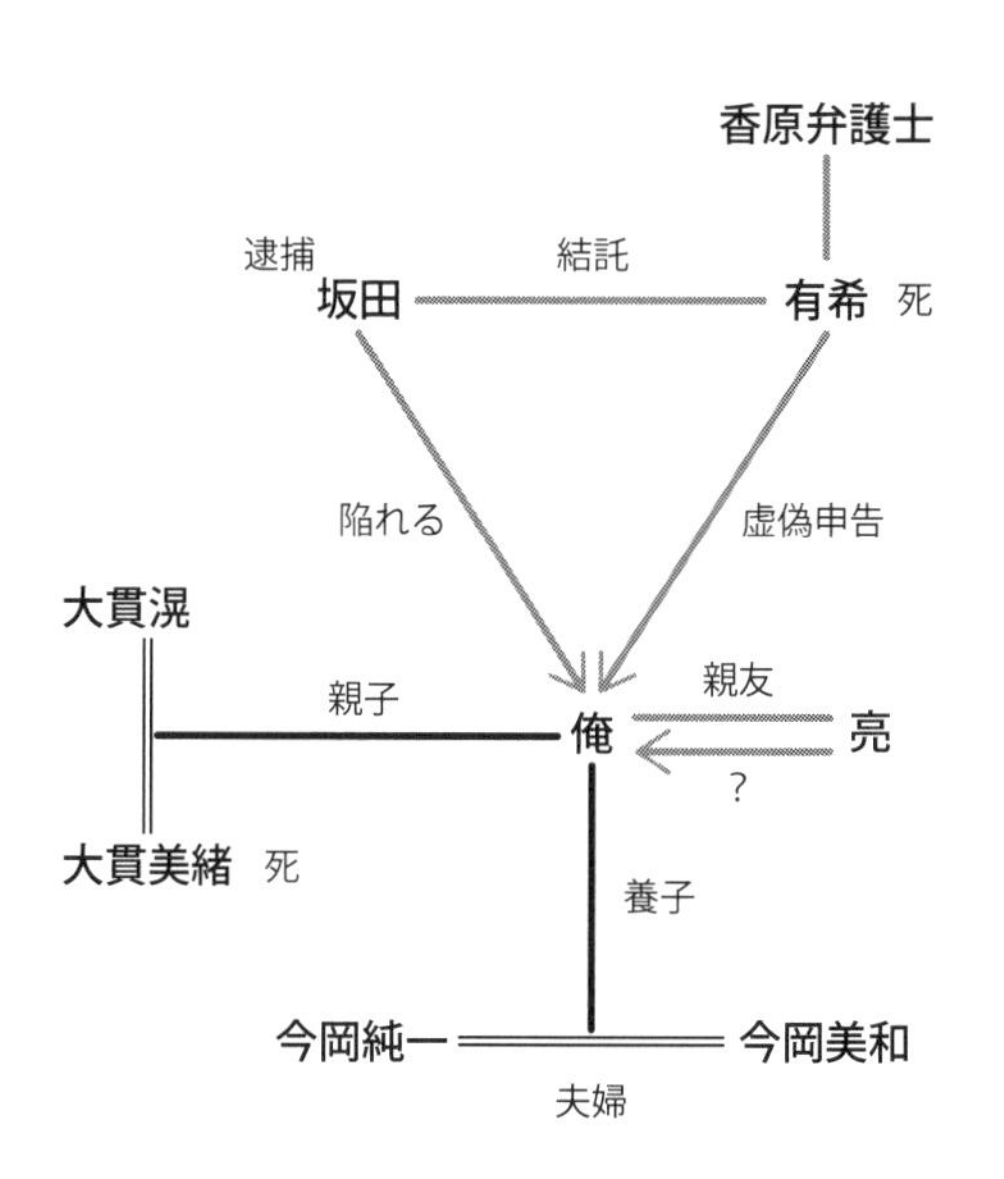

動き出す歯車

12月1日。アポイントを取ろうと香原弁護士事務所に電話をかけた。しかし、誰も出ない。カレンダーを見る。今日は月曜日。時刻は11時。

20分後もう一度電話をしてみたが、コールは鳴るものの誰も出ない。おもむろに「香原弁護士事務所」を調べたがホームページが見当たらない。この違和感が何なのか分かった。俺は香原弁護士事務所の営業時間はおろか、休業日すら知らない。ただ、あまり焦らなかった。営業案内が事務所の扉に書いてあったことを思い出せるからだ。それに最近は積極的な営業活動をしない事業所も多い。今後のためにも直接事務所に行き、確認しておこう。

今までは視野が狭くなったまま行動をしてしまう癖を直す努力が足りていなかった。アクションを起こす前に一度立ち止まって考えることが必要だ。

空を見上げ、有希の顔を思い出す。寒空の下、以前感じた疑問を思い出した。有希の弁護を依頼した人とは誰だろう。勝手に千鶴警察署の小川さんだと思っていたが、根拠はない。思い込みで決めつけていただけだ。一生懸命調べていると思っていたが、やはりつもりだ。ただ、これさえも受け入れることが大切だ。

昔、中学校の数学の先生が「複雑は簡単の集まりである」と教えてくれたことがある。一つ一つ丁寧に解くことが大切だ。すぐ答えを求めるあまり、途方もない気持ちになり、冷静さを失い、本来なら努力しなくても気づくことまで見失う。学校で習うことは日常生活のなかに数多く潜んでいた。

弁護士事務所に辿り着くと、俺は今この瞬間の思考とは真逆に我を忘れて走り出していた。事務所の中はまるで何者かに荒らされたかのように書類が散乱していたのだ。

「11月30日をもって業務を一時中断いたします。香原弁護士事務所」

焦る思いだけが加速し呆然と立ち尽くす。この凄惨な事務所内から、ただ事ではないことが起こったことが伝わってくる。再開などあり得るのだろうか。こうなったのは、香原弁護士が俺に情報を流したことが原因なのかもしれない。

とっさにスマホを取り出したがまた唖然とした。香原弁護士の携帯番号を知らない。また現実に追い詰められた。

少しずつ俺の周りから人がいなくなっていく。黒い画面に映る自分を眺め、感じたことのない不安に包まれる。まるで本当に時が止まっているようだ。

♪♪♪

驚き、スマホを落としてしまった。ひびの入った画面を見ると『三上亜也加』の文字だ。

「はい、今岡です」

「蒼斗さん、ですよね。会って話をしたいのですが」

このタイミングでの電話は嬉しい。しかし、三上さんの声は非常にか細い。

「分かりました。俺は今からでも大丈夫です。どこに行けばいいですか」

「ありがとうございます。私は今、まどか珈琲店の近くにいます。ここはどうでしょう?」

ドキッとした。

「分かりました。今からだと1時間くらいかかると思います」

「お待ちしてます」

電話を切った後、無意識ながら事務所の中を覗き込んだ。散乱した書類の中にかろうじて「泉有希」という文字が読める紙を見つけたからだ。しかし、ガラス越しでは目を凝らしても内容までは分からない。思いを抑え込み、三上さんのもとへ向かう。

まどか珈琲店は有希との思い出の場所だ。心地よい雑音が会話を俺たちだけのものにしてくれた。学校帰りによく二人で寄ったことを思い出す。もうこの店に来ることはないと思っていたが、つくづく運命の波には驚かされる。決心などいとも簡単に砕く。これが定めなのか。

※

扉を開ければ、辛い記憶と良い思い出が交ざった見慣れた空間だ。

「こんにちは。今岡蒼斗です」

「こんにちは。三上亜也加です」

改まった挨拶をしたからか少し恥ずかしくなる。一度電話で話し、その後は葬儀場で人目をはばかることなく泣いた。その次が今だ。お互いゆっくりと座り、目を合わせられないでいたが、三上さんが思い出したかのように話を始めた。

「あの、突然呼び出してごめんなさい。これを見てもらいたくて。今日有希のお父さんから預かりました。有希の机の上に置いてあったみたいです。お父さんが『書いてある意味が分からない』って。私も見てみましたが分かりません」

そっと1枚の紙を差し出してきた。

俺は読む前に三上さんの顔を見た。

「あの、有希とは？」

「あ、有希は高校3年間一緒のクラスでした。有希の家にはよく行きましたし、有希のお父さんとも連絡先は交換しているんです。それに、有希から蒼斗さんの話はよく聞いていたので。あまり他人な気がしていなくて」

間断なく話された。まるでいつもの俺みたいだ。

「二人が高校卒業したら結婚する話も聞いていました」

嬉しい反面、実際には叶わないという悲しさの交じった混沌とした心境になる。ただ、今の俺にとって三上さんは同志だと思えた。安堵の気持ちがそうさせるのか、久々に肩の力が抜けて自然に微笑んでいた。

「分かりました。丁寧に説明ありがとうございます」

紙に目をやると確かに有希の字だ。手紙のようにもメモのようにも見える。

『明日。とても不安。先日坂田さんから紹介された方。この事実だけが今の希望。また会いに行きます。荒谷洋品店の荒谷せつさん。10月6日』

「え」

有希が荒谷洋品店のおばあちゃんに会っていた。しかも、この紙を書いた日付はアラビリの丘で俺に会う前日だ。なぜ坂田さんが荒谷洋品店のおばあちゃんの知り合いなんだろう。そして、何を考えて有希を荒谷洋品店のおばあちゃんに会わせたのか。

あのおばあちゃんは一体――再び疑問でいっぱいになる。

「何か、知っているのですか？」

三上さんはひどく心配そうな顔色だ。しかし、これをどう説明したらよいのだろう。恐らくこの紙を見ている俺の顔は相当驚き困惑しているはずだ。

今の三上さんの表情は普段の俺を映している。絶対に無碍（むげ）に扱ってはいけない。絶対だ。

「三上さん。うまく説明できるか分かりませんが聞いてください」

一度息を吸って、ゆっくりと吐いた。三上さんがそっとうなずく。

「俺も少し前に偶然この荒谷洋品店に立ち寄ったんです。そこになぜか有希が行っているんです。なぜ行ったのか、どうして坂田さんがその店のおばあちゃんを紹介しているのか、そして有希にとってどのような希望になったのか全く分かりません」

三上さんは複雑な面持ちだ。

「ごめんなさい。俺は本当にこれしか知らないんです。だから、どうしてもおばあちゃんの所にもう一度行かなければなりません。行っていいでしょうか？」

今までと違い、いきなり飛び出さず落ち着いて三上さんの目を見て話す。

「何かの参考になったのなら十分です。私もまだ正直有希が亡くなったことを受け入れられません。納得もできていません」

三上さんの目にはジワリと涙がにじんでいく。それでも声を振り絞って続ける。

「何か分かったときにまた説明してください。本当に、本当にお願いします」

自分だけじゃなく三上さんも同様に辛い思いをしていた。改めて自分の視野の狭さを思い知る。一つ一つの出来事に人の心が余すことなく込められている。その思いを知っていくことで、一人一人のかけがえのない心を感じることができるのだ。

「必ず伝えます。約束します。必ず」

俺は三上さんの目に誓った。三上さんがうなずいたのを確認し、まどか珈琲店を飛び出し、荒谷洋品店へ向かった。こういう時の情緒は不安定だ。頭の中では、また香原弁護士のようにいなくなっていたらどうしようと考えてしまう。でも、昔に比べて少し自分を落ち着かせる術を知っている。焦ってもどうしようもない、むしろ焦りすぎることは結果として遠回りになる、これら全て、身をもって体験し、それを教訓にしたからだ。そう分かっていても切符を買う手が震える。ただ、この指を見ることでまた呼吸を整える。

〈俺が何をどうしても電車の来る時間は変わらない。到着時間も変わらない〉

電車に乗り込むと徐々に周りから音が消えていく。揺れる景色、そして最後には電車の走る音だけが消えることなく残る。

荒谷洋品店のおばあちゃんは、いったい何者なんだろう。

坂田さんが有希を紹介した？　しかも、それが有希の希望？

突然、電車の音が全く聞こえなくなった。窓の外の景色だけでなく、周りの人の動きもスローに感じる。究極の仮説が生まれたのだ。その仮説は心を完全崩壊させる、悲痛でありながら、生きている心地を極限まで感じさせるほどの喜びだった。徐々に自分の心臓の音を感じ始め、緩やかに周りの音が聞こえ始めた。


電車を降りると無意識に近い感覚で走り出す。今、人生で一番急いでいる。今だけは全力で走ることが許される。今おばあちゃんに会えなかったら俺はもう……

「おばあちゃん！　おばあちゃんいますか！」

扉を開けて叫んだ。

呼吸は完全に乱れている。こんなに疲れていたのかと思うほど息が整えられない。

「はいよ。あんたもよく来るね」

すぐおばあちゃんが出てきてくれた。おばあちゃんに会えたことですべての目的を達したかのように、足の力が抜けて座り込んだ。

「ちと落ち着きなさい。わしまで疲れてしまう」

「す、すいません」

少し照れながら言う。深呼吸を何度も繰り返して徐々に落ち着いた。おばあちゃんはずっと優しい笑顔で見守っていてくれる。

「あの、おばあちゃん。聞きたいことが」

そう言いながらゆっくりと立ち上がる。しかし、そこまで言った時に鋭い言葉で遮られた。

「あんたね、蒼斗くんじゃろ？」

俺の驚きに反して、おばあちゃんの目は優しい。

「少し長いが、わしの話を聞いてくれ」

おばあちゃんは座布団に座り込んで背を向けた。俺は自分の仮説が一つずつ証明されていくことが怖かった。

「わしの名はせつ、孤独の身でな。主人はとうの昔に死んでしもうた」

このたった一言で全身に鳥肌が立った。おばあちゃんの背中が語りだす。

「美緒さんはそんなわしを慕ってくれてな。わしのところによく服を直してほしいと持ってきたんじゃ」

俺は手足の震えを止められなくなった。自力で立つのがやっとである。

「わしは分かっておったんじゃ。美緒さんは本当は裁縫が上手にできるんじゃよ」

俺はすべてを悟った。おばあちゃんは俺に背を向けたわけではない。おばあちゃんの目線の先には『美緒』と書かれた写真がある。

「おばあ……ちゃん」

俺の言葉におばあちゃんは振り返った。

「そうじゃ、美緒はわしの子じゃ」

おばあちゃんの顔からは涙が滴っていた。

「訳あって美緒はわしのことを母だと気づいておらんかった。いや、知らないふりをしていた。親子の縁とは誠に不思議なものじゃ」

おばあちゃんは顔を覆い隠して泣き始めた。

「美緒の最後は自殺なんじゃ。あの子は責任感も強く、思い悩んでいても決して外に表さない」

腹部の刺傷と不起訴の文字を思い出した。

「そんな美緒に相談事をされたことがあってな」

今度は、おばあちゃんが背を向けた。

「それは美緒に二人目の子ができた時じゃった」

俺は覚悟を決め目を閉じた。

「わしは『蒼斗くんはどうじゃ？』と言ったんじゃよ」

泣きながら話すおばあちゃんの声が、俺の心のなかでこだまする。

「わしは結局、それっきり。蒼斗くんを、わしの孫を……先日まで一目見ることさえ叶わんかった」

俺はもう言葉が出ず、おばあちゃんに背を向けて泣いていた。お互いにこれ以上の涙は見せない。それが今できる相手への最大の思いやりだった。

「あんたに伝えなければならないことがある」

俺は覚悟を決める。

「わしのもう一人の孫。あんたの兄、名前は……博人」

俺は泣く声を隠せなかった。涙で滲む俺の目に兄の姿が浮かぶ。

坂田博人。

恐らく兄はすべて知っていた。兄はいつも見守ってくれていた。ものの数分だが、これだけ密度が濃い涙を流したことがあっただろうか。俺はあふれる涙を拭いながら立ち上がった。同時におばあちゃんもこちらを向いた。

「ありがとうございます。おばあちゃん。会えてよかった」

お互いに向かいあって、お互い笑顔と涙であふれ、自然と手を取り合っていた。二人の手は震えているが、温もりを相手に伝えあうには十分な刻だった。

おばあちゃんに有希のことを聞くことはやめた。もう聞かなくても分かったのだ。

《物事には起きる前には想定できない過程と予期できない結果をもたらすことがある。それを事実として受け入れる。そうある限り必ず適切な意志が生まれる》

こう信じられるようになっていたからだ。

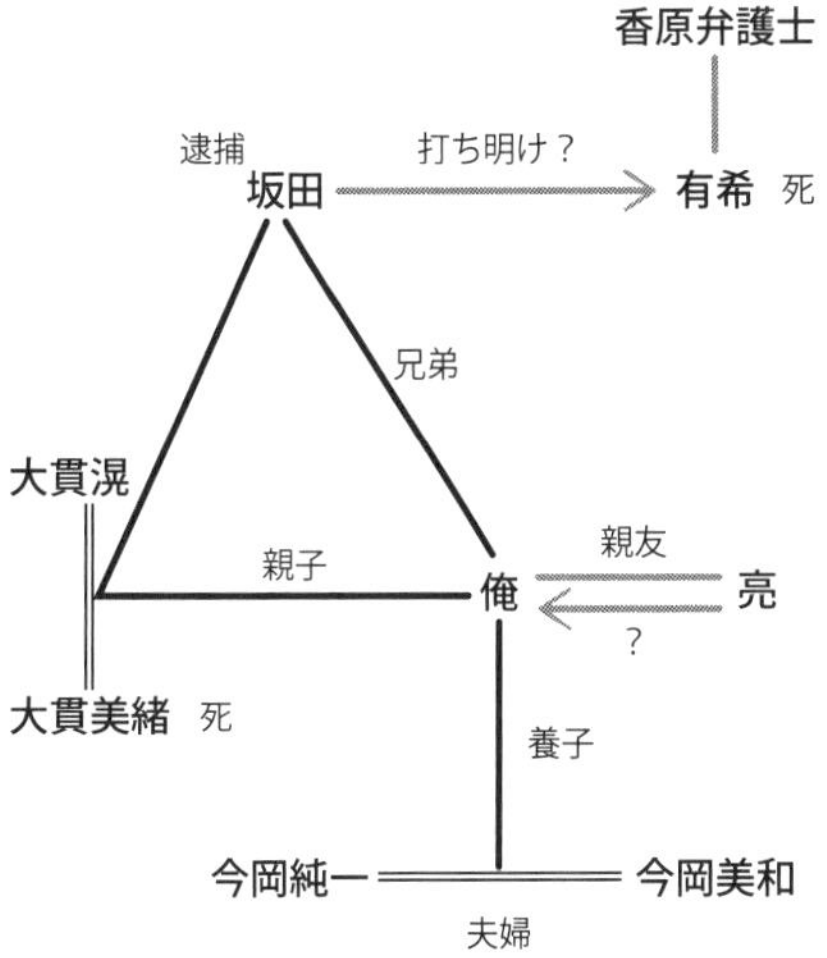

上がる加速度

おばあちゃんの家を出ると風で涙が消し飛んだ。この道はもう知らない道ではない。これから乗る電車と、ねじれの位置にある思考の列車は、共に終着駅を迎えようとしている。アラビリの丘での出来事を計画したのは兄だ。そして、その背後には未だ俺の知らない理由(わけ)がある。それを有希に理解してもらうため、おばあちゃんを紹介したのだろう。どう説明したのかは不明だが、恐らく有希に兄の強い覚悟は伝わった。つまり有希との別れ話には「隠された意図・背景」がある。

一つ一つの通過駅は蜃気楼(しんきろう)のようだ。左手の親指を見た。傷ができていて、その下には綺麗な皮膚も見えている。その親指を覆うように手を強く握りしめる。

「どーも、お兄さん」

直弥が乗ってきた。今までと違い、俺は怪訝な態度を一切取らずにいられる。

「元気か?」

「まあまあっすね」

直弥だって大変だろう。直弥の身になって考えてみると複雑だ。直弥は俺の横に座る。

「直弥、すまない。今まで俺は、お前のことを理解しようとさえしていなかったよ」

面と向き合っていたら言えないことだった。

「世の中のよくあるシナリオっすね」

直弥なりの現在(いま)の受け止め方なのだろう。その方法を俺がとやかく言うことではない。

「ちゃんと飯食ってるか？」

「充血した目の人に心配されることではないっす」

これは大丈夫の合図なのだろう。こういう返答のされ方は慣れないし、好きではないけど受け入れられるようになった。

「なあ直弥、いつまで俺のことお兄さんって呼ぶつもりなんだ？」

言い終わった瞬間に強く心が締め付けられる。「有希はもういない」ことを俺と直弥で分かち合おうとしたことになる。重苦しい空気になった。たった一言の失言の重みだ。

「慣れちゃいましたから」

直弥は適切な言葉でいなした。

「ごめん」

俺はこうやって知らぬ間に人を傷つけていたのだろう。事件を境に、人の変貌をあんなにも嫌っていた俺が、直弥になぜ変わらないのかと尋ねたのだ。

「お兄さん。これから最終面接っす」

「そ、そうか。頑張れよ」

相変わらずの直弥のリズムにペースは乱されるが、俺の不適切な発言が招いた沈黙を直弥が破ってくれた。

「本日採用、即解雇でしょうね」

この手のジョークにどうやって応えたらいいのか毎度分からない。

「どういう意味だよ」

結局いつも通りの苦笑いだ。

「すべてが始まり、そして終わるってことっす。じゃ！」

直弥は友木駅で降りていった。

さっき俺は何か気の利いた言葉はないか必死に考えた。結局、直弥の一言であっさり軌道修正してもらった。とても俺にはできない柔軟な対応だ。

一言の重み、そして言葉だけではない心の会話。敢えて言葉にしない意味。何事にも一呼吸置くことの大事さ。それが偶発的な出来事であっても構わない証明だった。

直弥のお陰で、兄に会う不安を喜びという運命に変えることができた。去っていく直弥の背中が一層大きく、たくましく見える。

※

千鶴警察署に着くと兄への面会を希望した。被害者から加害者への面会希望とあって、許可されるのに少し時間がかかったが、面会室に向かう俺に緊張感はない。まるで安定した原子へと近づく感覚だ。

「坂田さん」

「なんだその顔は？」

いつもの口調だ。少しほっとしたのか俺は軽く笑ってしまう。

「お前、よく自分を陥れた犯人の前でそこまで余裕でいられるな」

兄は冷たい声で言う。俺は兄の目をじっと見つめ口を開く。

「俺は昔の俺と違うんです」

「何しに来た？　用がないなら帰れ。お前に話すことは何もない」

兄は俺に背を向ける。ここで長話をするつもりはない。

「一言だけ伝えに来ました。今まで本当に、本当にありがとう。兄さん」

兄が全身で反応したように見えた。俺と兄の間にあった距離が一瞬で縮まったことを肌で感じた。

「そうか。強く……なったんだな」

その声は細く震えていた。兄が泣いていると分かった時、あれほど泣いたのにまた隠しきれないほど涙が出てきた。気づかれないように拭っても拭ってもこぼれ落ちる。今まで兄には途方もないほどの苦労をかけてきただろう。これで僅かでも荷が下りただろうか。にじむ視界に映る兄の背中が語る。

「運命に負けるな。必ず見守っている」


突然不思議な歴史を感じた。遠い遠い昔、人がまだ言葉を持たなかった時がある。その時、心で感じ取った世界があったはずだ。だから、言葉では言い尽くせない何かがあってもよいのではないだろうか。

言葉は、とても重要だ。

しかし言葉が、すべてではない。


俺は無言で立ち上がった。本当に数えるくらいの言葉しか交わしてないが、兄弟の溝を埋めるのには十分だった。

兄の強い目を自分に重ねるように面会室を後にする。この先に待ち受ける運命を考えても怖くなくなった。俺は行く先を自分で切り開く覚悟がある。そして、その信念は多くの人によって紡がれていると心から信じることができるからだ。

迫る現実

面会室を出た。千鶴警察署署内を出口に向かって歩いていると、何も書かれていない扉の中から話し声が聞こえた。

「ＨＹＣ本部は……として……崩すのは……赤いカナリア……」

ＨＹＣ本部？　山崎ＨＹＣのことだろうか。なぜ警察に目をつけられているのだろう。立ち止まって耳を澄ました。

「……周到……一切抜け目がない……簡単に解決できる。むしろ分かりやすくな」

「ホシもすぐ落ちるし、動機も明白。やはり犯罪組織として完璧だ」

小さい声だがなんとか聞き取れる。体を半歩扉に寄せる。ＨＹＣなどという言葉は他で聞くことはない。犯罪組織？

「なんだ、お前は？」

ドキッとした。

「言いたいことがあるなら言ってみろ」

上司が部下に言うような物言いだ。

「はい。共通点があります。話題性です。ＨＹＣ絡みと憶測できる事件はすべて……」

「馬鹿かお前は」

再びドキッとした。もう盗み聞きをするのはやめよう。こんなことしても良いことはない。

「何をしているのですか？」

背後から声をかけられた。今回ははっきり俺のことを指している。もっと早くやめておくべきだった。諦めと共に振り返る。

「やあ、今岡さん」

小川さんだ。眼差しはいつも通り優しいが、小川さんも立派な警察官である。許してくれないだろう。そう思うと温かい目も鋭い眼光に見える。

「申し訳ありません。少し気になる内容だったので、盗み聞きしてしまいました。これが何かの罪なら逮捕してください」

頭を下げる。小川さんは少し驚いたように見えたが、すぐに微笑んでくれた。

「そういったことが起きないよう、私のような巡回員がいます。それほど長い時間ではないでしょう。それにこの部屋は休憩室ですよ。あと、私としては自分のためにも、もう今岡さんを逮捕するわけにはいかないのでどうぞお帰りください」

「本当にすみません。あの、こんなタイミングで申し訳ないのですが、香原弁護士のことをご存じでしょうか？」

「香原弁護士ですか？　何回か拝見したことはありますが、直接お話しさせていただいたことはありません。確か、有希さんの？　どうかしましたか？」

「いや、大丈夫です。変なことを聞いてしまいました。失礼します」

盗み聞きを止めてくれた小川さんに感謝の念が生まれる。

深いお辞儀をした後、警察署のエントランスに向かっていくと、外から光の道のようなものが見えた。悪いことを正直に言えたからなのか、それとも兄と心の会話ができたからなのか。光に包まれるように外に出ると活力のようなものが湧いてきた。

直接亮に会いに行こう。簡単には会ってくれないだろう。でも、足を運ぶこと自体に意味がある。今までの俺は、駄目だろうと思ったことはまずやらなかった。でも、これは闇雲に動くこととは違う。沈みかけた夕日を見て考える。

幾度となく俺の心を鎮めてきた夕日。

消えそうになった俺を照らしてくれた電灯。

どちらかだけが照らして見えるものがある。
どちらも照らさず見えないものも存在する。
どちらが照らしても見えるが、見え方が異なるものもある。

そこには決して見過ごすことのできない「時間」という軸がある。

※

亮の家の前に着くと石田さんが首を横に振る。今無茶をしても石田さんを困らせるだけだ。やはり一旦出直そう。人とは心のやりとりでつながっている。絶対に自分のために行動してはいけない。振り返ると石田さんはまだ頭を下げている。

胸が大きな音を立てた。この光景、見たことがある。

また時の流れが遅くなり、記憶と景色が結ばれた。

この前、亮の家に来た時、石田さんがこうやって頭を下げていた時に出ていった1台の車。亮の家に似つかわしくない古い車、あれは大貫の車だ。

あの日、亮は前日に親と喧嘩をしていた。そして学校をさぼり家に一人だった。つまり、大貫が会っていたのは亮ということだ。真相を知ることが何を意味するのか直感的に感じた。そして、すでに後戻りできないところまで足を踏み入れてしまったことも。

恐怖、悲しみ、嫌悪が支配する不気味な時間。しかし、この締め付けるような思いが過去の亮の笑みを彷彿させ、再びバランスを保つ。

「戻りたい。たった数か月前へ」

叶わぬ絶望が独り歩きする。

家に着くと、この時間には珍しく親父の靴がある。

「ただいまー」

「蒼斗、ちょっと来なさい」

母さんの声がおかしい。先ほどの不気味な感覚を伴っている。リビングに行くと親父も母さんも心苦しそうな顔をしている。

「どうしたの？」

俺の言葉に二人共黙っている。ただ事ではない。母さんが一枚の紙をそっと出し、緊張感が一気に高まった。

戸籍謄本だ。俺の部屋に貼ってあるのを見つけてきたのだろう。

「黙っていて悪かったな」

親父がいきなり核心に触れた。

「いいよ、俺は何も気にしてないから。今でも本当に自分の両親だと思っているからさ」

淡白だっただろうか。そっと両親の顔を見る。母さんは泣き始めた。

「泣いちゃダメだって。俺は……」

前向きに生きている話をしようとした時、親父が遮る。

「実は他にも黙っていたことがある」

「えっ」

言葉を失った。

「一つ目は」

「ちょ、ちょっと待って、いくつあるの？」

慌てて取り乱しそうだ。

「二つだ。とりあえず、座りなさい」

すでに限界なのに何を告げられるのだろう。ゆっくりと座った。

「一つ目だが、父さんはずっとごみ収集一筋で働いていると言ってた。だが、お前がこの家の子になる少し前に、実は転職してこの仕事に就いたんだ」

どっと汗が出る。

「何それ。いいよ、そんなこと」

親父がどうしてそんな話をしたのか不可解だ。もう嘘をつくことに疲れたから、洗いざらい話してしまおうということだろうか。

「確かに俺に話してくれてたよね、ごみ収集のロマンとかさ」

少しでも場を和ませようと俺は懸命だ。

「ああ」

暗い。確かに、親父の話は小さいとはいえ嘘ではある。次はもう少し真面目に話を聞き、明るい話へと持っていこう。

「二つ目は？」

「一つ目の話がまだ終わっていない。転職前の職場だが、実は亮くんの会社なんだ」

「そう……なんだ」

言葉に詰まる。親父が俺を窺（うかが）っているのが分かる。親父にこれ以上辛い思いをさせたくない。犯罪組織——警察署での言葉が頭によぎる。罪悪感を抱いているのなら、真摯に受け止めなければいけない。姿勢を正す。

「前科持ち、とか？」

親父は見たこともない驚きを見せる。母さんからは一瞬反応を感じられたが、うつむくことで隠したように見える。この数秒が何時間にも感じられる。

「そうではない」

ほっとしたと同時に全身の気が抜ける。歯を食いしばっていたのがバレたかもしれない。

「すまない、お前にも苦労をさせているようだな」

親父は目線を下げる。親父のこの口ぶり、警察署での話は間違いなく山崎ＨＹＣのことだ。こんな優しい親父だ、きっとその実態に気づいて会社を辞めたんだろう。そして両親が危惧しているのは亮のことに違いない。俺がこの二人を苦悩から救ってあげなければ。

「養子であることは本当に大丈夫、信じてよ。それより、教えてほしいことがあるんだ。俺の、俺の産みの親のことは、何か知っているの？」

「ごめんね。ほとんど分からないのよ」

母さんは申し訳なさそうだ。隠しているようには見えない。

「そっか」

安堵する。

「もう一つだが、父さんが退社する時のことだ」

胸がズキッと痛む。何か後ろめたいことがあるのだろうか。今までは情報が欲しくてしょうがなかったが、今は容量をとうに越えている。「己の器」の小ささを身をもって体験している。いつも逃げ出していたこの感覚を自宅で体験する日がくるとは夢にも思っていなかった。

覚悟を決めたその時、携帯が鳴った。見たことない番号だ。

「ちょっと待ってて。重要な内容かもしれないから一旦電話に出るね」

良く分からない言い回しだったが、この状況に一区切り入れたくて、立ち上がって廊下の方へ行きながら電話に出た。

「はい、もしもし」

「久しぶりだな。蒼斗くん」

大貫だ。

「こんばんは。こんな時間にどうしたんですか」

落ち着いて対応する。

「いやあ、蒼斗くんと話がしたくてね」

「それはありがとうございます。なんの話でしょう？」

少し業務的に話す。

「できれば電話ではなく会って話がしたい。今から出てこれそうかな？」

「はい。どこに行けばいいですか」

振り向いて両親を見ると心配そうにこちらを見ている。

「ノブサンド倉庫に来れるかな？」

「分かりました」

そう応えるとブチっと電話が切れた。

「母さん、親父。俺、ちょっと出かけてくる」

「蒼斗！」

母さんが慌てるように立ち上がる。

「俺は大丈夫。それにもう大人だよ。親父と母さんに、たくさん気苦労をさせてきたことも分かった」

親父と母さんは黙る。俺は二人を大事にしたい。

「母さん、親父。やっぱり俺の両親は母さんと親父だよ。この家で育って、本当によかった」

しっかりと笑顔を見せ、玄関に置いてある懐中電灯を持って家を出た。

「理想」とは、いったい何だろう。善意の世界だろうか。それでは、俺は理想のために今まで何をやってきた？　それどころか、今まで俺は多くの現状から目を逸らしてきた。理想に向かうためには現実を知らねばならない。現実を知ることと現実に呑み込まれることは絶対に違う。

　こんな風に思考を前へ持っていけるのは、やはり自分の道を自分で決めている自覚があるからだ。それだけではない。「素直」の意味が分かったからかもしれない。

　外灯が映す薄い影が俺を追い抜いていく。

終わりなき道

　大貫のもとへ行く前に香原弁護士事務所に行く。手には途中で拾った大きな石。

〈香原先生、ごめんなさい〉

　渾身の一撃でガラスを割る。細心の注意を払って鍵を開ける。セキュリティ会社が駆けつけてくるかもしれない。懐中電灯で照らし、昼間見つけた書類を手に足早に去る。

　公園の街灯の下に立つ。書類はホチキスでとめてあり、2枚綴（つづ）りになっている。

『委任契約書（民事）

第1条（事件等の表示と受任の範囲）甲は乙に対し下記事件又は法律事務（以下「本件事件等」という）の処理を委任し、乙はこれを受任した。
事件名：今岡蒼斗様を誤認逮捕させた件
受任範囲：示談折衝』

文言は難しいが内容は簡単だ。有希の弁護を担当するための契約書だ。少しでも多くの正しい情報を把握しておきたい。

「え」

思わず声を出してしまった。

『依頼者：泉直弥』

香原弁護士に有希の弁護を依頼したのは警察官の小川さんだと思い込んでいたが、実際は直弥だった。近くに添えてある紙にはこう書かれている。

『委任状　私、泉有希は今岡蒼斗さんを誤認逮捕させた件の弁護士選定に関わる一切の権限を弟泉直弥に委任します』

その横には直弥から香原弁護士へ宛てた手紙のようなものもある。

『母親の犯罪被害者家族支援、長らくお世話になりました。香原先生が支援弁護士としてサポートしてくださったお陰で、俺は随分と立ち直ることができました。ありがとうございます。先日電話でお話ししました姉の弁護の件ですがよろしくお願いします。重ねて申し訳ないですが、ご存じの通り俺が先生の支援を受けていたことを姉は知りません。このことも内密にしていただけると嬉しいです。　泉直弥』

有希のお母さんは何かの事件の被害者だった。有希の親は病死か交通事故死したものだとまた勝手に思い込んでいた。

欲しい情報を必死に探しても見つからなかった日々。対して今日は波状の如く押し寄せてくる真実。この波が引いたときには今までと同じ生活が送れるとは到底思えない。本物の津波にも似た恐ろしさを感じる。

有希はずっと直弥の母親役をやってきていたのだろう。直弥は直弥なりに有希に恩返しをしたかったはずだ。書類をポケットにしまう。

※

ノブサンド倉庫は相変わらず不気味な場所だ。以前と同じようにぼんやりと奥が明るい。

「大貫さんいますか？」

明かりのほうに向かって言う。

「おお、蒼斗くん？　待っていたぞ」

大貫は嬉しそうだ。

「大貫さんはいつもここで何をしてるんですか？」

「俺のことはどーでもいいだろう？　君が知りたいのは……そう、有希さんのことだ」

大貫は相変わらず不気味な笑みだ。しかし、幾ばくかの経験が俺に冷静さを保たせる。

「違います。今は大貫さんのことが知りたいんです」

大貫の目が一瞬変わった気がした。

「そうか、まあ座れ」

自分の背景が見える。兄、両親、そして有希の姿。

「大貫さんは何のお仕事をされてるんですか？」

こう聞いておきながらすでに推測を終えている。

「俺の仕事を聞くとはいい度胸だ。そんなこと聞くからには、俺に話させる材料を持ってきたのか？」

俺を試しているようだ。

「ええ、もちろん持ってきました。なぜ大貫さんは亮の家に出入りしてるんでしょう？」

大貫が動じないフリをしたのがなんとなく分かる。

「いいだろう、教えてやる」

そう言うと小さいビニール袋を取り出し、俺に向かってパサッと投げた。

「高く売れるんでね。今はこれだ」

先ほどに拍車をかけて薄笑いを浮かべる。

「これで有希を殺したんですね」

「おお、そんな怖い顔をするな。殺す気なんてなかった。むしろ逆だ。生きて長く使ってもらいたいんでね」

俺は右手を強く握り、ゆっくり目を閉じる。そして深呼吸して自分を落ち着かせる。

「それに『今は』ってどういう意味ですか？　前はちゃんとした仕事をしてたんですか？」

挑発気味に言う。憶測が事実と重なっていく以上、生きて帰れないかもしれない。

「ああ？　俺はこれだって立派な仕事だと思ってるぜ。世の中のニーズに応えるというな」

大貫は自信がある表情を見せ、得意げに続ける。

「しっかし不条理だ。分かってはいても誰もが認めたくない、そして目を逸らしている現実ってやつ。でも、金が動くってことは、そういうこと。分かるか？　サラリーマンを見てみろ、早期退職金をもらって会社を辞める。それと、そんな変わんないぜ」

表情を変えずに話を聞くことにも慣れてきた。だからこそ敢えてさりげなく言う。

「そのお仕事で自分の奥さん、美緒さんが亡くなってもですか？」

大貫の顔つきが急変した。こんな狂気めいた顔をする人を見たことがない。

「てめえ」

凄まじい威圧感だ。でも、俺は間違った質問はしていない。張り裂けそうな恐怖をぐっとこらえる。あとは我慢し続けるだけで、いろいろ話してくれるはずだ。これは兄さんが身をもって教えてくれた。

「なあ蒼斗くん、人には触れちゃいけないものがあるんだ。そこに足を踏み入れると狙われる」

俺は負けじと黙って大貫を睨む。

「実にいい目だ。だが、坊ちゃんに狙われていると知ってからも維持できるかな？」

大貫が笑い出す。俺は上を向き倉庫の天井を眺める。そして再び大貫を見ると少し悲しそうな顔をして見せた。

「なんだ、知ってるのか。馬鹿にすんじゃねーよ。てことは、蒼斗くんの要求は何だ？　坊ちゃんを消すことか？　無理だぞ。ＨＹＣ以上の金を積めるなら考えるけどよ」

大貫はできるわけがないというような高飛車な態度だ。

「俺にはお金なんかありません。ただ、お金を用意することはできます」

「ほう」

大貫は聞いてやるという面持ちだ。

「俺が大貫さんに殺されればいいんじゃないですか？」

大貫は手を叩く。

「望みは何だ？」

「だから言ったじゃないですか、俺を亮の前で殺してください」

大貫は不服そうな顔をする。

「死に場所を探しているやつとは思えんな」

「真剣に亮と話したいだけです。その機会がずっとないんです。もう一つ目的がありますが、それは和解できなかったときに話します。亮と分かり合えないとは思っていないんで、今話す意味がありません」

本当に自分なのかと思えるほど淡々と話せた。

「いいだろう。むしろ好都合だ。そう遠くへ行くんじゃねーぞ」

大貫の声は修羅場をくぐってきた深みのある声だった。

「準備ができたら連絡ください」

背を向ける。

「そうだ、待て。お前、なんで美緒のことを？」

「気になることがあったので調べたんです」

振り返ると、大貫は少し寂しげな顔をしていた。

「ふん、まあいいや。電話をつないでもらおうか」

俺はうなずき、倉庫を出てスマホを眺めた。俺との電話はミュートにして、もう一つの電話で亮を呼ぶ。こんな推測はもはや意味をなさない。

「切ったら最後、いいな？」

辺りが静かすぎてハンズフリーにする必要もない。

「はい」

涙も出ない悲しさだ。この悲嘆を足音は上手に奏でる。

亮から命を狙われる。嫌われるとかではなく、殺される。どこから亮との友情は歪んでしまったのだろう。切ない時間なのに亮との楽しい思い出ばかりが蘇（よみがえ）る。


――「亮、蒼斗、いいぞ！」

監督の声が聞こえる。中学校3年生の時のサッカーの試合だ。

（今だ、走れ！）

（一旦下がって相手がラインを上げてくるのに合わせて中へ！）

（今俺は完全にマークされている。亮が逆側に体を向けてくれれば俺へのマークが緩む、そのとき、こちらを向かず中へパスを！）

すべて俺の心の声だ。アイコンタクトもいらなかった。俺の考えていることは亮に全部伝わっていて、亮の考えていることは全部俺も分かった。試合後に顔を見合わせて嬉しそうに腕をぶつけ合う俺たちは、完全に分かり合っていた。

こんな思い出に浸っていたい。心が平静を保とうとしている、また天秤作用だ。こんなことに気づいても寂しさが増すだけだ。俺の心は真実を受け止め過ぎないようにしている、ただそれだけだ。

※

1時間ほど経っただろうか。

「もしもし、蒼斗くん。お待たせ」

「はい」

「今すぐ戻ってこい」

「分かりました」

スマホを耳に当てたまま来た道を戻る。

「あとどのくらいで着く？」

「15分です」

「10分です」

「5分です」

「1分です」

自分の最期をカウントダウンしているようだ。倉庫に着くやいなや大貫が声をかける。

「蒼斗くん、すまないねえ。俺も疑り深いんでね」

「構わないです。亮はどこですか」

緊張とは裏腹に淡白な返答をする。

「坊ちゃん！　頼みますよ」

少しすると裏口の扉が開く。

「亮」

俺の声が口からこぼれた。亮のこんな表情は今まで見たことがない。うつむきながらゆっくりと歩く姿はまるで生きる死身(しにみ)だ。

コツコツという亮の足音が頭に直接響く。この一歩一歩が二度と戻れない幾年を刻む。

しかし、それは俺だけでなく亮も感じている。表情から唯一悲しみだけが感じ取れるのだ。

それならなぜ？

「お前、どうして」

俺の声はか弱い。この瞬間まで、亮が来ないことを祈っていた。まさに今、亮が大貫に
俺の殺害依頼をしていたことが証明された。

「合図、待ってますよ」

大貫は亮とすれ違い様にこう言い、奥のコンテナの中に入って戸を閉めた。

「亮、俺が何をしたっていうんだよ？」

亮の目には覇気がない。

「なあ、亮。何か言ってくれよ」

長い沈黙を経て重い口を開いた亮の一言は、凄絶だった。

「お前、生き過ぎなんだよ」

静寂に静寂が重なった。

「どういう意味だよ」

大貫の時と違い、亮の第一声を全く想像できていなかった。冷たい空気が俺の心に恐怖をまとわせ、耐えられない体は自然と震えだす。亮の目は見たこともないほど凍っている。

「お前の命日は、本来10月10日のはずだった。坂田さんがお前を留置所に入れたせいで計画は台無しだ」

全身を稲妻が駆け抜けたような衝撃だった。全容が見えてきた。

『今岡蒼斗、18歳、10月8日午前5時、泉有希殺人未遂容疑で逮捕する』

今となっては懐かしい誤認逮捕。兄は10月10日に俺の身に危険が迫っていることを知った。そして、俺を守るために俺を留置所に入れる。これが最も安全に俺を守る方法だと考えたのだ。だから有希も協力した。

「俺だけ、知らなかったんだな」

にじむ視界。兄さんや有希の笑顔が浮かぶ。兄さんや有希は犯罪を犯してまで俺を守ってくれた。しかし、まだ分からないことがある。

「教えてくれ。お前はなんで俺のことを？　そもそもどうして10月10日なんだ？」

覇気のなかった亮の顔が常軌を逸していく。そして亮の手が震え始める。震えは限度を超えた怒りのようだ。

「俺の親を奪った日だよ」

痛烈な言葉だった。

「親を、奪った？」

『民法８１７条の２による裁判確定日10月10日、従前戸籍東京都久登区澄江６２３の13　大貫蒼斗』

俺の目の前には戸籍謄本の文面が浮かぶ。確かに、10月10日と間違いなく書いてあった。

「まさか」

そして、脳裏に封印した、俺のアルバムの１枚目の『あの写真』。

先ほど聞かずに家を飛び出してきた、二つ目の親父の話。

お腹が大きかった母さん。

自分に勝手に死産だと言い聞かせた『あの写真』。

無事に産まれているのなら、今岡家では養子を出した直後に養子を受け入れていることになる。俺と亮の誕生日は10日しか違わない。

「もしかして、お前の親っていうのは」

「ああ。俺の本当の親はお前の両親。今岡純一と今岡美和なんだよ」

亮の言葉にあおられ、絶望の淵に立つこともできず膝をついた。亮はいつからこの事実を知っていたのだろう。今までどんな思いをさせてきたのだろう。どうしてこんな残酷なことが現実に――。たった今知ったばかりなのに、まるでずっと償いから逃げてきた罪人のようだ。両腕と顔を地面につける。亮のことを考えると涙が滲む。

会社の実態に気づいた親父が退職を選ぶのは不思議ではない。しかし、退職の条件として亮は山崎家に養子としてだされていたのだ。

《ガンッ》

亮が何かを強く叩いた。大貫がコンテナからゆっくりと出てくる。手には銃を持っている。

「終わったようだな、蒼斗くん。坊ちゃんに見苦しいものは見せたくない、こっちへ来い」

コンテナを指差した。


数秒の間、走馬灯のように幾つもの記憶が浮かんでは消える。

亮が俺の親と楽しそうに話していたこと。

亮が「今岡家の子になりたい」と言っていたこと。

俺が初めて大貫に出会った時のこと。

俺が大貫にどうやったら会えるのか、必死になって考えていた時のこと。

ユーカリ商店街に車で突っ込んだ記事を読んでいた時のこと。

そして荒谷洋品店のおばあちゃんのこと。

俺はゆっくりと立ち上がる。

「待ってください」

「泣き言なら聞かねーぞ」

大貫が吐き捨てた。

「先ほどの話、覚えてますか？」

俺は涙声のまま少し微笑む。大貫は、無駄な時間は使いたくないという顔をしている。

「ああ？　もう一つの目的とやらか、もういいだろう」

大貫は早く仕事を終わらせたい雰囲気だ。俺は大貫のほうを向いて両手を広げる。

「何のまねだ？」

大貫は銃をクルクル回している。

「父さん」

俺はあふれる涙のなか、声を振り絞った。

「はあ？」

大貫は不可解そうな顔をする。

「今は、美緒さん。いや母さんの気持ちが分かります」

大貫は眉をしかめうろたえる。

「お前、今なんて」

大貫は後ずさりしているように見える。

「俺は大貫蒼斗です。知らないでしょうけど、あなたの二人目の」

「うるせえ、これ以上何も言うな。そうか、だからお前、美緒の死のことを」

大貫は強く眉間にしわをよせ、苦しそうに肩で呼吸をしている。そして、時が止まる。


この静寂は分かっていたはずなのに、嫌だった。


「博人兄さんは、元気ですよ」

俺は囁くように言う。そっと大貫の顔を見ると、見たこともない柔和な顔をしている。それを見た俺はこらえても感情が湯水の如くあふれ出る。どうしてこんなにも酷(ひど)い父親なのに憎めないのだろう。

「最後に、父さんの優しい顔を見られてよかった」

俺は哀しい思いを呑み込んだ。

〈本当は、もう少しだけ一緒にいたい〉

両手の拳を握りしめる。

「もらったお金で、これからは人のために生きてください。息子からの最初で最後のお願いです」

覚悟を決める。意識的にスッと目を閉じた。

「なあ、お前さっき美緒の気持ちが分かるって言ったよな？　どうして美緒は死ぬ必要があったんだ？　俺は美緒に『目的は事件を大きくすること。誰も死なせない』って、伝えたのに。事故の瞬間に、自分の腹を刺すなんて」

声だけとはいえ悲痛さを汲み取るには十分だ。大貫なりの消えぬ苦悩なのだろう。

「母はあなたのことが大切だった。だからこそ『人を悲しませない生き方をしてほしい』そう願う母の、命を懸けたメッセージです」

俺は目を閉じながらも涙を流す。大貫に母の気持ち、俺の想いが伝わっただろうか。無音が続く。その時、数歩誰かが歩く足音がした。そしてその音は二度としなかった。大貫の声が聞こえる。

「俺は、養子に出されるガキの名を聞かなかった。覚えたくなかった。辛すぎるだろうよ」

俺は閉じている目をぐっと閉じる。大貫がどんな表情をしているか見てはいけない。

「でも、俺のあん時の感覚は、間違ってなかった。こんな形で返ってくるとはな。美緒と息子に命を懸けて言われたんじゃあ、俺は」

その瞬間、バンッと乾いた音が響き渡った。


不思議だ。銃声がしっかり聞こえたが、どこも痛くない。外れたのだろうか。恐る恐る目を開くと、なんと大貫が倒れている。


「大貫さん」

慌てて周りを見渡すと亮の横に警官の姿、銃を構えた小川さんが立っている。

「どういう、こと?」

訳が分からない。

「使命を全うできない者のあるべき姿。亮さん、あとは私に任せてください」

小川さんが一歩近づいてきた。銃口は、俺に向いている。

「お、小川さん、どういうことですか?」

「おやおや。まだ、気づかないのですか? 私はずっとあなたを殺す機会を窺っていたのです。まさか署内にかくまわれるとは思いませんでしたがね」

警察署内の図書館へ案内してくれた時を思い出す。俺が勝手に抱いていた小川さんへの親近感、虚偽の温かさに救われていた事実。

結局、俺の心はずっとこの世に居場所はなかった。

「そうか、お前だったのか」

今度は亮が小川さんの頭に銃を突きつける。亮の目には涙を拭きとった跡があり、なぜか震えている。

「あれ？　私は亮さんの指示だとお聞きしておりましたが」

小川さんはニヤリと笑う。

「お気に召しませんか？」

小川さんは俺に銃口を向けたまま亮に問いかける。小川さんの指先も引き金に掛かる。

「当たり前だ」

亮は明らかに話すのを途中でやめた。そして完全にこう着する。亮は冷たくも非情な目をしている。亮は一体何を……。俺はもう亮の横顔を脳裏に焼き付けることしかできない。

「なるほどな」

驚くことに大貫がゆっくりと立ち上がる。

「っ!!　貴様防弾チョッキを」

小川さんは俺に向けていた銃口を大貫に向ける。

「動くな」

亮が引き金に指をかける。

「申し訳ないですが、従うわけにはいきません。亮さんを傷つけるわけにもいきませんが」

「状況を分かっているのか？」

今度は大貫が小川に銃口を向ける。

「日本の警察手帳は飾りです。2対1など他愛もない」

そういうと小川は左後ろに飛びながら二つ目の拳銃を抜き、間髪を入れずに二丁同時に打った。一つ目の銃弾は亮の銃を打ち落とし、二つ目の銃弾は大貫の頭めがけて飛ぶ。大貫はとっさに顔を反らし銃弾は頬をかすめる。しかし、その銃弾は大貫の背後にある消火器を破裂させ白煙が舞った。

視界が落ち着いたときには大貫は両手を上げ、その横で小川さんが大貫のこめかみに銃口を突き付けていた。

「今一度確認します。今回の依頼者は、亮さんではなかったのですね？　まあ、私にとってはどちらでも構いませんが」

「きゃあ！」

聞き覚えのある女性の声が聞こえる。俺と亮、大貫、小川さんは同時に声のほうを見た。

暗がりに誰かが立っている。

小川さんは大貫に向けた右手の銃はそのままに、女性の声のするほうに向け、左手でゆっくりと銃を構えた。この瞬間、先ほどとは異なる銃声が2発聞こえ、何者かによって小川さんの左手から銃が撃ち落とされた。大貫に向く右手の銃は撃ち損じたようだ。

多くの警察官に囲まれている。

「なんだ、お前たちは！」

小川さんは焦る。

「手を上げろ」

警察官が言う。小川さんはとっさに大貫の後ろに回り大貫を人質に取る。今にも撃ちそうな勢いだ。

「やめて！」

再び聞き覚えのある女性の声が響き渡る。異常事態をいち早く察したのは小川さんだった。

「お、お前、なぜ生きている？」

小川さんは幽霊を見ているような物言いだ。この瞬間、大貫は油断した小川さんの腕を取って投げ飛ばした。銃は大貫に取られている。

「ゆ、有希！」

俺は目を疑った。暗闇に立つ女性は、死んだはずの有希だ。周りを見渡すと亮も大貫も驚いている。有希のもとへ駆け寄りたかったが、多くの警察官の手が緩んだとは思えず、動けない。

「どういうこと？」

有希は啞然と立ち尽くしながら言う。目は驚きと不安でいっぱいだ。

「ふざけるな！　お前さえ来なければ今頃」

小川さんが立ち上がる。後悔の交じった怒りに満ちている。

「全員、手を上げろ！」

再び警察官の声が響く。小川さんは歯を食いしばり、ゆっくりと両手を上げる。俺も亮も大貫も手を上げる。警察官がいつ発砲してもおかしくない緊張を肌で感じ、しばらく沈黙が続いた。

「蒼斗、よかった。無事だったのね」

有希は今にも泣きだしそうだ。

「有希、本当に有希なのか」

俺は幻を見ているようだ。有希の鼻をすする音だけが倉庫に小さくこだまする。

「会いたかった」

有希の涙声は非常にか細い。

「有希、これは？」

有希は胸に手を当ててゆっくりと深呼吸した。

「私もさっき解放されたばかりで」

「解放？　大丈夫なのか？」

「うん。ただ、ずっと蒼斗が心配で。それだけ」

そうか。俺の命が狙われていたことは兄さんから聞いているはずだ。今まで俺の安否は確認できていなかったのか。

「どうして、ここに？」

俺は、周りの警察官を見ながら有希に尋ねる。

「ここに向かうと『真実』が分かるって」

『真実』とは？

亮、大貫、小川さん、やはり皆考えていることは同じだ。各自が各自を観察しているのが手に取るように分かる。しかし、誰一人何かを語り始める者はいない。

「『真実』ねえ。この大勢の警察官たちに聞いたらいいんじゃねーの？」

大貫が言う。

「動くな！」

警察官の一人が言う。

「もう少し静かに言えねーかなあ。もう暴れるやつはいねーだろ」

大貫は小川さんをスっと見る。そして手に持つ拳銃を一人の警察官に向かって投げ捨てた。そして再び両手を上げる。警察官が拳銃を拾い上げると臨戦態勢が少し解かれた気がする。

「小川さん、大貫さんを紹介してくれてありがとうございます」

有希は素直な思いを話しているようだ。小川さんは怒りで目を見開き怒鳴る。

「貴様。お前が計画を潰していく度に俺は……それで薬漬けにしてやろうと」

大貫は何か理解したようだ。

「そういうことか。上から金も先に渡されるし。小川、テメーが依頼者だとはな」

大貫が有希のほうを見る。

「嬢ちゃん、元気でよかった」

有希はそっと微笑む。大貫が続ける。

「数えるくらいの会話しかしてねーが、薬を欲してるヤツとは到底思えなかった。コンペイトーを渡したはずなのに、薬物中毒で死んだって聞いて驚いたぜ」

大貫が警察官に向かう。

「そろそろ終わらせてくれねーかな」

よく見ると先ほどの大貫の真剣な顔つきがほぐれている。『これでいい』そんな表情だ。それに合わせるように亮もなぜかほっとしたような、まるで人事を尽くして天命を待つというような笑顔になる。この表情、見たことがある。サッカーの試合中、亮のラストパスが俺につながり『あとは任せたぞ』そういう時の顔だ。


〈全然分からない。なぜ納得できる？　何一つ解決していないではないか〉

俺の本心だ。


「山崎亮、銃刀法違反で逮捕する」

「大貫滉、銃刀法違反で逮捕する」

「小川陸、殺人未遂で逮捕する」

呆然と動けない俺の横で淡々と逮捕されていく。

「ゆ、有希」

一歩、二歩、震えながら有希に近づく。この瞬間、爆音がした。銃声をかき消すような大音が鳴り響き、トラックが有希の後ろの倉庫の壁を突き破って入ってきた。有希も驚き振り返る。急停車したトラックからスーツ姿の男二人が降りてくる。そして足早に有希に近づき、何かタブレットのようなものを見せる。有希は驚いた顔をして二人に付き添うようにトラックに乗り込む。

違和感を覚え、時がゆっくりと流れる。

予定通りの状況なら平穏な顔つきの人が一人くらいいるはずだ。しかし、大勢の警察官を含め誰一人としてそんな人物はいない。俺は嫌な予感に打たれ、トラックに向かって走り出す。そして、トラックが反転するために止まるタイミングに合わせ、荷台に飛び乗った。

トラックは急発進して突き破ってきたところから再び出ていく。俺は振り落とされないよう荷台の縁(ふち)をしっかりと掴む。このスーツ姿の二人は何のために有希を連れ去っているのか。そして、どこへ向かっているのだろう。

「有希」

伝うように運転席の近くまで移動した。ガラス一枚先に有希が見える。有希もこちらに気づきガラスを叩く。すると一人の男が俺を見て有希の頭に銃口を突き付けた。

俺は首を振り、有希はおとなしく前を向いた。俺は少し左にスライドし、有希とお互いをバックミラー越しに確認し合った。助手席にいる男が誰かと電話を始めた。

このトラックには紛れもなく有希が乗っている。数メートル以内にいるというのに途方もない距離感だ。そもそも、有希にとって現状（いま）はどのような状況なのだろう。銃口を突き付けられるなんて想定内なはずがない。

考える余裕などすぐになくなる。荷台に乗って走ることは想像以上に辛い。予想外の風に吹かれ、体が浮くような感じまでする。しかも、トラックは赤信号でも躊躇なく駆け抜けていく。その都度目を閉じ、生きている心地がしない。落ちたら命がないことは明白だ。20分も走っただろうか、遂にトラックのスピードが落ち始め、豪華なホテルのような建物の地下駐車場へと入っていく。緊張感が高まっていき、また体が嫌な鼓動を打ち始める。この荷台にいること自体非常に危険だ。しかし、ゆっくりとはいえ地面を覗くと体感速度はとても速く、飛び降りる勇気も生まれない。

為す術もなく潜むように息をするしかなかった。

車が停車すると同時に全身に激しい痛みを伴い意識が遠のいていく。まるで全身に強烈な電流が流れたようだった。

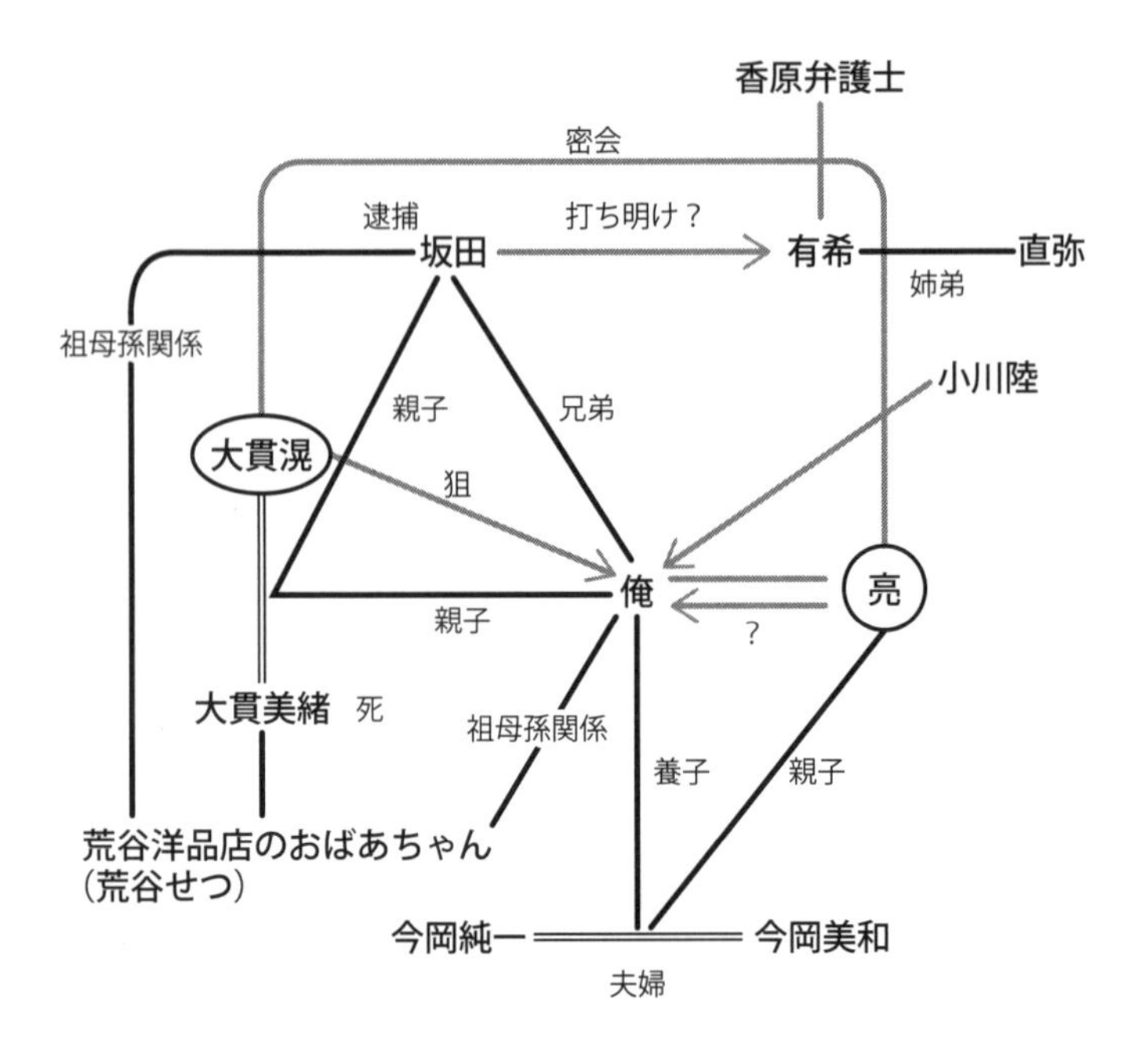
香原弁護士
密会
逮捕
打ち明け？
坂田
有希
直弥
姉弟
祖母孫関係
小川陸
親子
兄弟
大貫滉
狙
俺
亮
親子
？
大貫美緒
死
祖母孫関係
養子
親子
荒谷洋品店のおばあちゃん
（荒谷せつ）
今岡純一
今岡美和
夫婦

真実が生んだもの

「目を覚ましたかね」

頭がガンガンし、視界がぼやける。

部屋の中には俺以外にもう一人の男がいる。手首が家具に縛り付けられていて立ち上がれない。再び男の顔に目を向けるが、ぼんやりとしか見えない。でも、どうやら俺の知っている人ではなさそうだ。

「誰、ですか？」

やっと声が出た。

「はじめまして、蒼斗くん。私は山崎正樹（まさき）」

目の前まで歩いてきて名刺を置いていった。名刺には山崎ＨＹＣ会長と書いてある。

「亮のお父さん、ですか？」

俺の頭は徐々に冴（さ）えてくる。

「いかにも」

山崎は俺に背を向けながら答える。何から話したらよいか分からないが、言いたいことばかりだ。しかし、俺が口を開こうとした矢先、山崎が振り向き話し始めた。

「蒼斗くん。率直に聞こう。国なら何をしてもよいと思うかね？」

重い質問が来た。俺も同じことを考えていたからだ。しかし、返事をする前に山崎は無言で近づいてきて、縛られた手をほどいた。

「君の返答は顔で分かった。まあこちらにかけたまえ」

対面型に置かれたソファに山崎は腰かける。怖い。この一瞬で、俺の頭の中が筒抜けになっている気分になる。なんとか立ち上がり、平静を装いながら椅子に向かって歩き始める。

山崎は手を組む。俺は体が重く、歩くのがやっとだ。

「うちの者が君を眠らせるときに少々荒っぽいことをしたようだ。申し訳ない」

部屋を見渡すと、応接室のようにも見える豪華な部屋である。

飾ってある額には『深慮遠謀』と書かれている。山崎の座る椅子にはまるでコックピットのようにボタンが並んでいる。

「君には真実を知る権利がある。意識をはっきりとしてもらいたいので少し時間を用意しよう」

山崎はボタンを押す。すると、テーブルからコーヒーが出てきた。山崎はどうぞというそぶりをする。俺はじっとコップを見ていた。山崎は突然俺のコップを持ち、毒見でもするように自分のコップにコーヒーを半分移し飲んで見せた。

「大丈夫だ」

やはり山崎には俺の考えていることが悟られている。

「10分」

山崎の提案はありがたかった。何しろ耳鳴りはするし朦朧とする。コーヒーを飲みながら、改めて倉庫の情景を浮かべ一人ずつの顔を思い出した。

大貫、小川さん、亮。そうだ、有希が生きていた。

「有希さんはこちらで丁重に保護している。安心したまえ」

俺の考えていることは山崎にはすべてお見通しのようだ。少しずつだが山崎に支配されている気分になる。表情を見せないように意識的にコーヒーを飲む。山崎はおもむろにまた何かのボタンを押す。すると、俺と山崎の間にホログラムのようなものが出てきた。

「君はKTRを知っているかね？」

「KTRですか？　知りません」

どこかで聞いた言葉だけど思い出せない。ホログラムが更新され、俺の顔が映し出される。その下にKTR発案作戦第一弾と書かれている。俺は更新されるページに書かれた文字を無意識に口に出して読む。

「国家犯罪撲滅ＡＩ　＝　ＫＴＲ」

ぞっとした。

「まだ意識がはっきりしていないようだね。ＫＴＲは君のことではない。君は立派な人間だよ」

また俺の考えていることが読まれた。自分の体をそっと見渡す。

「大丈夫だ。君の体には何も取り付けていない」

山崎はニヤリとする。本当に俺の表情から読み取っているのか。格の違いを見せつけられている気分だ。

「国は私の会社を解体させようとしているんだよ」

ホログラムが更新される。

「山崎ＨＹＣ解体シナリオ」と書かれている。

これ以上気持ちを読まれるのは嫌だ。眉間にしわを寄せ、山崎から目を逸らさないようにする。

「いい目だ」

山崎は嬉しそうな顔をする。

「しかしだ。人間はおもちゃではない。私も蒼斗くんも皆人間だ。人間らしく生きる権利がある」

㊙と書かれた書類のようなものが映し出され、シナリオと書かれている。

「関係者は裁判員制度として呼び出し、各自最低限の事項しか告げない」

シナリオ①坂田博人に下記を伝える。「今岡蒼斗が何者かに殺害される。犯行予定日：10月10日」

シナリオ②泉有希に演技の依頼。今岡蒼斗に喫茶店に呼びだされた際、別紙記載の言葉を異常なほど陽気に話してもらう。後日大貫と会い薬物を受け取る。

シナリオ③香原弁護士事務所は12月1日以降一時業務を停止。

シナリオ補足：防弾チョッキを倉庫においておく。

冷静に分析した。

シナリオ①によって兄が10月10日に向けて誤認逮捕を計画する。

シナリオ②はまどか珈琲店での出来事だ。有希にとって過酷な演技だったはずだが、なんて見事にやってのけたことか。そして俺が有希と薬物を結びつける。

シナリオ③はもうシナリオ通り進んでいることを意味するだけだ。

怖いのは補足シナリオだ。大貫は性格上、念のために防弾チョッキを着るということだ。

「ＫＴＲは個々の人間の本質的感情、事象が起きることでの変化、成長、すべてを総合して作戦を立てているそうだ」

山崎は説明しながらボタンを押す。画面が更新される。

最終シナリオ：今岡蒼斗には何も伝えない。

胸が一度強く音を立てる。

「そう、ＫＴＲは君の日常が変化することで、我が山崎ＨＹＣを潰そうというシナリオを立てたのだ。ひどいと思わないか？　君は完全に支配された駒の一つだ」

心に揺れ続けた灯が消え、確実に新しい色の炎がともる。

「そう。君が不満に思うのは当然だ。すべて管制下で行われた出来レースだったのだ。留置所で過ごした日々、有希さんの死。これらすべてシナリオなのだよ」

俺は目を閉じ深呼吸をする。必死に冷静を装う。

「この、話し合いの目的は何ですか？」

山崎の表情はまた嬉しそうに見える。

「うむ。正直に話そう。君に協力してもらいたい」

「協力、ですか？」

山崎はソファにもたれかかる。

「作戦の当事者としてマスコミに感想を話してもらいたいだけだ。ＫＴＲのように台本などない。素直に、君が感じたことを、思ったままに話してくれて構わない」

山崎はＫＴＲがよほど気に食わないのだろう。

「断ったら、どうするのですか？」

「ふふ、理由次第だ」

山崎は不満そうには見えない。なぜか先ほどより楽しそうだ。

「まだ、今の状況がよく分かりません」

「そうだな、我々は初対面だ。まずはお互いを認め合う必要がある」

山崎の言葉からは余裕がうかがえる。

「ＫＴＲは君を選定し、私の息子を予定通り逮捕させた」

俺は少しうつむき、ぐっと手を握る。

「心配には及ばん。私は壊された君の日常を含め、復元してみせる」

山崎はソファから背を離す。そして話を続ける。

「私はＫＴＲの一歩先を歩いている。そう、有希さん、そして蒼斗くんを無事保護したのだから。君たちは体験者として素直な気持ちを発信してほしい。もちろんプライバシーの保護も約束しよう。そう、君たちの幸せな日々は元通りだ」

有希の言動はＫＴＲの指示によるものだった。見事な演技であるが辛かっただろう。

「山崎さんの目的は何でしょう？」

「国が主導して山崎ＨＹＣを解体しようとするのをやめさせたい。同時に人を物のように扱ったことを詫びてほしい」

山崎の言うことはもっともに感じる。俺の意識も随分はっきりとしてきた。

「どうして国は山崎さんの会社を解体したいのでしょう？」

「うむ、私がとある装置を開発したからだ」

「装置、ですか？」

山崎の椅子から操縦かんを思わせるような仰々しいボタンが出てきた。

「これは私が人生を懸けて作り上げたＴＥＩＹＡ。この装置で全人類の感情は数値化され管理される。もちろん個人を特定したり、誰かが閲覧することもない。しかし、一定以上の憎しみと怒りを持ち合わせた者は、生きられない」

「生きられない？」

「ＳＦみたいな話をしているように思うかね？」

「実感が湧きません」

「光栄だ」

山崎は不敵な笑みを浮かべる。俺は無意識に視線を外した。

「やや簡略ではあるが、私の研究を紹介しよう」

ホログラムが《ＴＥＩＹＡ設計》と更新された。

「過去の三つの技術を組み合わせたに過ぎない」

ホログラムは次へ進む。

【ＧＰＳ】

ホログラムに俺が映った。スマホから道案内を受けている。

「位置情報の特定だ」

【感情を脳波から可視化】

飲料メーカーの試飲爽快感テスト、運転中の疲労感テストが映し出される。

「これらもすでに完成している」

ホログラム内の俺の感情が数値化され、帯グラフで表された。

「君はラジオサージェリーシステムを知っているかね？」

ホログラムには『がん治療』とサブタイトルが付いている。そしてラジオサージェリーシステムが紹介され、座標軸照合設定が変えられた。

【ラジオサージェリーシステム】

「これもすでに完成している。そう、つまり衛星にすべてを組み込み、精度を上げる。これだけで、ほらできるだろ？」

ホログラム内で、衛星から放たれる幾つもの放射線により俺は倒れた。山崎の説明を落ち着いて理解した。装置に期待を抱いたからなのかもしれない。山崎は腕を組む。

「ネット社会は人間の醜さの縮図だと思わんか？ 匿名を盾に平気で誹謗中傷（ひぼうちゅうしょう）をし、自分の存在価値を示すかのようにデマを流す。現実社会と同じ責任を背負って発信しているとは到底思えない。時に人を死に追いやる。しかし、これは偽りのない現実だ」

「何の話ですか？」

山崎は足を組んだ。

「私がなぜこの装置を作ったかの話だよ。では別の尋ね方をしよう。君は平和とは何だと思うかね？」

「争いのない世界ですか」

「では争いのない世界はどうやったら作れるかね？」

「憲法や法律を整備していくこと、です」

「なるほど。しかし、そういったことを人類は生まれてからずっと繰り返してきている。1000年という単位で行われているはずだが、解消されているかな？　もしくは平和が訪れる見込みが立つかね？」

俺は黙る。日々事件が起こっている自覚がある。ホログラムが更新され、とても綺麗な自然と動物たちが映し出される。そこには手を取り合う人々もいる。

「そもそもなぜ動物は争う？」

「食べ物や子供のため、ですか」

俺の困る様子を確認しているように見える。

「うむ。生き抜いていくための様々な理由がある。しかし、人間はどうだ？　実は争わずとも生き抜けるんだよ。では、なぜ争いは減らない？　むしろ争いを好んでいるようにみえる輩たちもいる」

山崎の言うことは俺の感覚と合致するかもしれない。

「ありがとう」

また感情を読まれたのか。いや、俺自体がまだ自分の思考を把握できていないのに山崎が分かるわけがない。怪訝そうな顔をしていたら俺の気持ちを見透かしたようなふりをする。これが山崎の常套手段なのだろう。

「この世には自然の掟がある。強い者が弱い者を淘汰する」

山崎は俺を試すように話を続けた。

「その強い者が弱い者を助けるのではダメなんですか？」

俺は綺麗事を言った気がする。

「いや、それも強い者の支配なんだ。強い者が弱い者に手を伸ばしているという満足がある。結局人の醜さの一部でしかない。それは、救済という名の支配なんだよ」

山崎の目は鋭い。俺なんか一瞬で消し去れるという眼差しだ。この目を見ているだけで俺は押し潰されそうだ。

「蒼斗くんの説明がおかしいわけではない。皆がそういう考えならば強い者の精神的支配があっても、この世界の悲しみは減っていくだろう。ただ、世の中には金を使って人を服従させているやつがごまんといる。私など足元にも及ばないレベルでな。強い者が弱い者を助けるという強制力がないのでね」

山崎の説明は理にかなっている。やはり山崎の開発した装置に希望を感じる。自信のない俺は、自分の精神を正常に戻すのに時間がかかる。綻びを探そうとしても、山崎の目にはそれすら既知の様子だ。そして俺が投げかける言葉を察しているかのように話を続ける。

「この装置は先天的に悪人になる可能性を秘めた者を死滅させることはない。優生思想は一切ない。要は道徳を学ぶ機会はある。この装置を起動させても肉体年齢が15歳になるまでに死ぬことはないのだよ」

山崎は真面目に話を続ける。

「いつしか人間は『当たり前』の大事さを忘れてしまった。悲しみや不安が生むのは、進歩だ。進歩は悪くない。しかし、進歩の恩恵に慣れた人間は、悪だ。どんな悲劇の下に今の当たり前が成り立っているのか。それを知ろうとする努力が足りなさすぎる」

ホログラムが更新され、子供の手を引く女性がフードを被った人に刺される動画が映る。

「君にこれが何か分かるかな？」

「殺人、ですか」

「そうだ。だが足りない」

「足りない？」

ホログラムがまた更新され、マンション火災が映る。

「火事、ですか？」

「そうだ。でもまだ足りない」

工場らしき場所の爆発が映し出された。

「事故ですか？」

「いかにも。しかし、まだ足りない」

「さっきから足りない、足りないって何ですか」

見覚えのある商店街に一台の車が突っ込む動画が出てきた。

「……」

俺は言葉に詰まった。

「そうだ。君のお父さんが起こした事故だ」

俺は複雑な気分にかられ下を向く。山崎は俺に何を理解させたいのだろう。先ほど、山崎は国家主導の山崎ＨＹＣの解体をやめさせたいと言っていた。

『ＨＹＣ本部は組織として完璧だ』

警察署で盗み聞きした会話を思い出す。

「まさか」

俺が何かに気がつくと毎回山崎は嬉しそうだ。

「その通り。これらの映像は極々一部だが、すべて私の指示だ」

悲しみに怒りが交じる。

「蒼斗くん、私が何を言いたいか分かるか？」

「分からないです」

俺は不快感をあらわにした。しかし、表情を見られたくなくて、少し前のめりにうつむく。

ガラスに映る自分を視る。その瞬間、猛烈な不自然さを感じた。さっきまで俺は山崎に十分理解を示していた。あのまま話を続けたら俺は山崎の言うようにマスコミにＫＴＲの問題を話していたかもしれない。山崎は俺の心情に気づいていないはずがない。ではなぜ、真逆の行動をとるのだろうか？　山崎の意図が見えない。この恐怖は俺と山崎の間に幾段もの格の違いを感じさせる。

山崎は、映像は極々一部だと言っていた。他の事件の話をしたいのか。俺に関することでもあるのだろうか。

この瞬間、山崎の目が少し泳いだ気がする。次のホログラムが想像できる。

恐る恐る顔を上げると、山崎は不気味な笑みで「早く聞いてこい」と言っている。

「まさか。亮に俺のことを」

「その通り」

山崎は平然と答える。数秒の沈黙だったが、俺の冷静さを奪うには十分だった。俺の心は砕けそうなのに、山崎は顔色一つ変えない。それどころか一層落ち着いた様子で話を続ける。

「亮は、自分の実の親に蒼斗くんが育てられていることに嫉妬した。だから大貫という君の実の親に殺害依頼をするという、まさに人間らしい選択をした。私は非常に評価しているよ」

なんてことをさらっと言うのだろう。俺の様子を確認したのか、山崎は立ち上がり、ゆっくりと窓の近くまで行き外に目をやる。俺はその余裕が許せない。

「俺だけではなく亮の人生をめちゃくちゃにして何が楽しいんですか？」

俺の声には覇気がない。

「蒼斗くん。私の会社が行っている事業は何か知っているだろう？」

山崎は冷たい目で俺を見て再び外を見る。山崎の背中は悲しげだ。

「福祉会社は建前ですよね。山崎さんが指示してきた、先ほど見せてくれたような幾つもの犯罪を起こす会社、それが本来の……」

「ああ、その通りだ」

山崎は俺の話を遮り、話を続けた。

「犯罪という言葉は流させてもらう。では、なぜこのようなことをやっていると思う？」

「分かりません。人が困ったり悲しんだりしている姿を見て楽しんでいるのですか？」

「いいや、違う」

山崎は俺を横目で見る。その目が哀しすぎて俺は少し驚く。

「確かに、楽しんでいた時期もあるかもしれないな」

山崎は壁を背にもたれかかる。

「蒼斗くん、事件には依頼者がいるんだよ。それも、恨みなどは何もない。愉快犯でもない」

「依頼？」

「ああ。世の中の興味を引くようなニュースを作ってほしいという依頼だ」

「何のために」

「新聞やインターネットの記事の飾り方一つで国民は簡単に踊らされる。自身のスキャンダルをもみ消すには、それより大きな事件を起こすことでも可能なのだ。そうやって己の面子を保つために多額のお金を出す人が居る。多くの著名人が偶然と捉えられる作為的な事件に助けられてきた」

ニュースにより議論が先延ばしになり、過去のものになったものが浮かぶ。それがたとえ汚職事件のようなものだったとしても。

「直近で言うと伊藤電鉄の脱線事故や静岡県の火災ニュースだよ。山崎ＨＹＣは世の道理に反するニーズを担っていた。どうだね？　人間の醜さが分かったかな？　人類が歩んできた道のりの終着点が、これだ」

俺の全身から力が抜けていく。山崎の考える野望は高い。しかも、山崎は単に理想と現実の話をしただけだ。

「君の父親、大貫くんのように直接手を下した人間がなぜ口を割らないか分かるか？　相応のお金が支払われているからだ。これも理に適っている」

人間という存在が嫌になる。その分だけ山崎の作った装置への期待が膨らむ。山崎の考える変化こそ永遠をもたらすのかもしれない。

「嬉しいよ」

山崎はそう言うと壁にかかっていたレバーのようなものを下げた。ガタンという音の後、窓が壁になり部屋が動き出す。なんと部屋ごとエレベーターのように作られている。

「会わせたい者がいてね」

有希だろうか。

「大丈夫だ。有希さんは丁重に保護している。安心したまえ」

心を読まれることの不快さはもうない。今、俺は山崎の為すことに興味が湧いている。

※

そっと部屋が止まる。先ほどまで壁だった部分が開き、大きな部屋になった。広くなった部屋先には鉄格子がある。そして、その中には手足を椅子に縛られた人影があった。

「やあ、お兄さん」

直弥だ。どうしてここに？　落ち着いていたはずの俺の心拍数がまた上がり始めた。

「はじめまして。直弥くん。私は山崎」

「お久しぶりっす。山崎さん」

「ん？　どこかでお会いしたことがあったかな」

直弥が少し笑った気がする。

山崎が壁のボタンを押す。山崎の椅子が直弥の正面にスライドし、鉄格子が上がる。俺の椅子もゆっくりと動き出す。山崎と直弥は向かい合い、俺の椅子はその二人と正三角形を描く位置で止まる。俺は二人の横顔を見る位置だ。山崎は壁から離れ、椅子に腰掛ける。

「蒼斗くん同様、ウチの者が手荒な真似をしたようで」

「そのウチの者とやらに指示したのは誰っすか」

直弥は山崎を睨んでいるように見える。とても怯む様子はない。

「そうだな、すまない」

山崎は謝った。

「謝ってほしいのはそこじゃないっす。俺を人質に姉さんを……」

「誰も傷つけたくなかったのでね」

山崎は直弥の話を遮る。

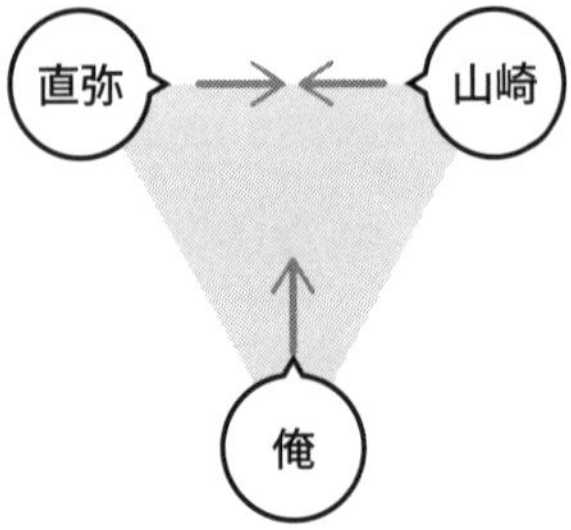

俺はノブサンド倉庫を思い出した。スーツ姿の男たちが有希にタブレットのようなものを見せ、トラックへ乗せた。直弥の顔に真剣さがほとばしる。

「『誰も傷つけたくなかった』なんてセリフが出るんすねえ」

山崎も真剣な顔になる。

「なるほど。どこで私のことを？」

「警察署っすよ」

直弥の口ぶりは自分の危機的状況を認識している者とは思えない。

「ほう」

「昔、母さんが刺され死んだんすよ。犯人はあっさり逮捕、あっさり自供、知り合いでもなかったんすよね」

山崎は眉間にしわを寄せ、俺と話していた時には見せたことがない強い眼差しになった。

「幼いながらも疑問だったっすね。マジックミラー越しに犯人を確認させられたあの時。どうして、犯人、警察官、皆これほど楽しそうなのか、ってね。でも見たんすよ。その後、あんたが警察官や犯人に金を渡すところを」

直弥は山崎をずっと睨み続けながら言った。

俺は、子供連れの女性がフードを被った人に刺される動画を思い出した。

「なるほどな。前言を撤回させてくれ。本当に、申し訳ない」

山崎は心から謝っている。分が悪くなった雰囲気ではない。

「蒼斗くん、このように私の仕事は負の渦だ。新しい悲しみをもたらす。まして、すべての悲しみを背負うのは無関係の人たちだ。しかし、この事実を直視し続けた私の心そのものが装置開発の根源になったのだ」

山崎は俺に何も隠そうとしていない。苦悩すら窺える。

「直弥くん。私と一緒に、国を相手に戦ってくれんかね」

事情と言葉だけ摘めば対談だ。しかし、直弥は手足の自由も許してもらえず、交渉とはかけ離れている。平然と応える直弥の精神力はなんと強靭(きょうじん)なんだろう。この環境下でも山崎と対等に渡り合おうという姿勢を崩さない。

「何を戦うんすか？　俺に難しい説明をしても無駄っすよ」

「有希さんは、丁重に保護している」

山崎は軽く笑う。そして直弥も同じく笑い返す。

この瞬間、俺は不思議と冷静に物事を考えだした。まるでこの三角形を上から視ているようだ。直弥はいったい何を理解しているのか。山崎と会話を重ねた俺と比べ、直弥は極度の情報不足のはずだ。しかし、なぜこんなにも余裕が感じられるのか。

突然、山崎はナイフを取り出し自分の手のひらを切った。俺は驚き唖然とした。山崎は血の滴る手のひらを握りながら言う。

「蒼斗くんの安否も約束しよう」

「……」

直弥がちらりと俺を見たのが分かる。俺の目は大きく開き、瞬きすらできない。直弥への交渉に俺の安否が付いた。自然と前に出ていた俺の右手はゆっくりと足の上に戻る。ポケットの上から直弥の手紙に触れた。

やっと分かったことがある。有希はずっと直弥の母親代わりをやってきた。だから、直弥は直弥なりに有希に恩返しをしたかったのだ。それだけではない。直弥は、有希には俺が必要だと思ってくれていた。

直弥は俺を見て少し微笑んだように見えた。俺は、今まで本当に見えていないものばかりだ。

「さあ、どうするかね？」

山崎は直弥に問いかけた。

「お兄さん次第っす」

「楽しみに待ちたまえ」

俺と山崎の椅子は元の位置に戻り、再び鉄格子が下がる。壁は元に戻り直弥が見えなくなる。そして、部屋がゆっくりと動き出す。

直弥の揺れない心を見た。直弥は他人の作った柵の中で、自分の図面を堂々と見事に描いていた。その直弥が俺に有希とそして決断を委ねたのだ。

そして直弥は、最後の最後まで俺のことを「お兄さん」と呼んだ。

理論と論理と理屈と倫理

部屋は止まっても山崎は話しかけてこない。じっと外を眺めている。俺のやるべきことが見えない。仮に、山崎に落ち度が出てきたとしても、今更「自首しませんか」が通じるとも思えない。山崎は最後の調理を始めるようだ。これから山崎の誘導が始まるだろう。そう思うと黙っていられなかった。

「今すぐボタンを押すことができるのに、なぜ国と交渉する必要があるのでしょう？」

「まだやり残したことがある。私は人であることに誇りを持っていて、人としてやりたいことがある。しかし、ＫＴＲが計画を実行に移してきた以上は私も動かざるを得ない」

山崎が外を眺めながら言う。そして俺を鋭い目で見て話を続けた。

「だが、君次第ではボタンを今押してもよいと思っている」

相変わらず重みがある話し方だ。

「ではなぜＫＴＲの作戦を知っていて、ここまで放っておいたのですか？」

「国の行っていることがやり過ぎだと証明したかったからだ」

「それなら、その情報を手にした時点で暴けないですか？」

「実際に行われてからと、行う前とでは重さが違う」

確かに今は「一部の人の狂言だった」で終わらせられる状況ではない。しかし、ＫＴＲの作戦だけではなく、それは山崎にも同じことが言えるのではないだろうか。

「もう少し早く手を打つこともできませんか？　例えば亮が逮捕されずに済むような」

ここまで口にした時、沼に引きずり込まれるような怖さを覚えた。

「その通りだ」

山崎は応える。また俺は顔色を隠せていないのか。そっと山崎を見る。

違う、山崎は今でも外を見ている。

初めて感じる心臓の拍動に寒気がする。山崎は、間と俺の声色だけで俺の考えていることを悟った。山崎がゆっくりと振り向く。

「私はそもそも亮を駒にするつもりで育ててきた。だから養子なんだよ。亮が逮捕されようが、痛くもかゆくもない」

俺は必死に冷静を装おうとするも視界が定められない。

「どうして、そこまで非情になれるんですか」

俺の声にはもう覇気が全くない。山崎は窓際からゆっくりと戻ってきて椅子に腰掛ける。

ＫＴＲ作戦によると、今は山崎ＨＹＣを解体寸前まで追い込んでいる段階でなければならない。それがどうだ、山崎は俺との会話を俯瞰し、楽しんでさえいる。ノブサンド倉庫まではＫＴＲ作戦の筋書き通りだっただろう。今までの表面上の事件とは違い、拳銃を人に突きつけた山崎家の息子を逮捕している。これで十分だ。しかし、そんなことすら予想して子供を育ててきたのが山崎なのだ。

「さあ、そろそろ君の答えを聞かせてもらおう。私の言う通りに有希さん、直弥くんと共に国とのテーブルにつくか。それとも今すぐボタンを押す。すなわち大量殺人に加担するか」

山崎は操縦かんのようなものに手を添えた。山崎の声は非常に勇ましい。微動だにしない芯の強さ。しかし、俺にはその声色そのものに違和感があった。なんというか、山崎らしくない。強引だ。

突如、時空が歪むような感覚と共に一編の物語がひらめいた。

山崎の目的はＫＴＲの問題点を露呈することだ。言い換えると「葬儀まで行われた有希が国の主導計画で、実は生きている」これで十分なのだ。つまり、山崎の最終目的は有希を連れ去ること。では、ＫＴＲはどうだろう。ノブサンド倉庫で亮が逮捕されたあのタイミング。あの時有希が連れ去られそうになったら、俺は迷わずその荷台に飛び乗る。人の感情を駆使するＫＴＲが想定できないはずがない。つまり、今は確実に、まだＫＴＲの路線上である。そして逆に、山崎にとっては俺がここにいること自体が想定外となる。

ロジックがつながる。更に有希はトラックの荷台にいる俺を目視した。ここで俺を殺してしまうと、有希は山崎の作戦に乗らない。頭の回転が早い山崎は、現況の最善策として俺を手中に収め、国と戦う姿勢を取ることにしたのだ。直弥と有希は俺に同調することも見越して。そして、あくまでも山崎が思い通りに動かしたいのは有希なのだ。途中で考えを変えられないよう、包み隠さず話してまで俺を説得する行動に合点がいく。俺は即座に、この窮地を冷静に客観視した。

しかし、まだ解決できない疑問が一つある。ノブサンド倉庫で皆が逮捕され、連れていかれる時の、あのほっとしたような亮の笑顔。とても諦めた人の顔ではない。自分の力の限界を尽くし、俺に最後に出したラストパス――。

視界が見えなくなるほどの強いノイズが見えた。

〈そういうことだったのか〉

俺は自分の顔を震える手で覆う。

「お願いがあります。あなたと亮の思い出話を聞かせてください」

山崎は呆れたような面持ちだ。

「お前を消そうとしたやつだぞ？」

「ええ、俺を殺そうとしました。紛れもない事実です。でも、それは、亮のいつも通りの行動です。いつも通り俺に手を差し伸べてくれました。それに、あなたは亮を養子にするという布石を打ちました。それはあなたが人間である証しじゃありませんか？」

山崎は軽いため息をつく。

「どういう意味だ」

「あなたに強い信念があれば、実の子供だって駒にできます。あなたは亮を養子にし、『養子だ』と自分に言い聞かせ、感情に流されないようにしたんですよね？　とても人間らしいです」

「くだらん挑発か」

山崎は不敵な笑みを浮かべる。俺はその顔を確認してから話を続けた。

「逆です。そして、俺と亮は今後もずっと親友です。そして、あなたは亮のお父さんです」

山崎の少し驚いた顔には、一瞬だが父親の顔が垣間見えた。お互いに瞬き一つしない強い目で見合う。

「山崎さん。『当初の計画』では、あなたが亮に俺を殺させようと仕向けました」

「ほう」

「あなたはKTR作戦のキーが俺だと知って、さぞかし嬉しかったでしょう。何が起こるか分からない、その事態に備えて駒として育てていた亮を使う絶好のチャンスが来たわけです。そこで、亮に俺への殺意を抱かせていく計画が始まりました」

山崎は目を閉じながら話を聞いている。

「たった一つの事柄を除いて、あなたの作戦は完璧でした。なんせ俺たちが生まれる前から打っていた布石が生きるのですから」

「知ったような口をきくな」

山崎が言い放った言葉は凄まじく威圧的だ。

「山崎さん、あなたは勘違いしています。亮が早々に感情をコントロールできなくなったと思っていませんか？　あなたが抱かせた俺への憎悪が暴走してしまったと」

山崎は眉間にしわを寄せる。俺は山崎を目の奥で繋げた。決して離れないように。

俺は周りを見渡す。わざと、不自然に、まるで見つけてもらうように。そして俺は呼びかけた。

「亮」

「何をやっている?」

山崎も不思議そうに周りを見る。

「亮、見てるんだろ?」

コンピュータ音が鳴り、ホログラムが更新され亮が映る。疲弊し尽くした顔だ。

「親父」

「ど、どういうことだ?」

山崎は驚く。

「お前、今どこにいる? 逮捕されたんじゃ」

再びコンピュータ音が鳴り、ホログラムが更新され綺麗に映る。亮が手を見せると手錠がかかっている。

「この通り。でもさ、この前の親父との喧嘩、まだ途中でしょ」

亮は山崎に向かって微笑む。そして俺を見る。

「蒼斗。本当にごめん。相当辛い思いをさせたと思う」

「亮」

俺は首を振った。

「蒼斗。でも、また、一緒に」

俺はゆっくりとうなずいた。

「ありがとう」

亮の目から一筋の涙が流れる。亮は優しく、鋭く、そして揺るがない意志のこもった目をしている。

「親父。あんたはＫＴＲ作戦のメインとして動かされる俺の親友、蒼斗を殺そうとしていた。そんな思いを長年連れ添った息子である俺が気づかないと思うか？」

「……」

山崎は険しい表情になる。

「だから、俺は動き出した」

「どういうことだ？」

「ＫＴＲのシナリオは俺の想いをベースに組み立てられたらしい。つまり、俺は親父の駒でありながら、ＫＴＲ作戦の駒でもある」

「……」

山崎の目は完全に瞬きを忘れている。

「だから俺は本気で蒼斗を殺そうとした。蒼斗と、親父を守るために」

「蒼斗くんと俺を守る、だと？」

山崎は一瞬だけ目を大きく開けたが、冷静に話を続けた。

「お前、今逮捕されているのだろう？　お前は役割を終えている」

「親父は勘違いしている。ＫＴＲの目的は『人殺しを計画した山崎家の息子を逮捕する』ことじゃない」

「……」

山崎は一瞬だけ目線を下げる。

「親父は慎重だ。大貫がしくじったときのために**また**小川さんを潜ませた。だから、ＫＴＲは俺に『ノブサンド倉庫に向かう前に警察に通報すること』を指示している」

山崎の睨む目が少しブレる。亮の言葉を嫌ったのが分かる。

「俺はお前に、憎悪、嫉妬、これだけを」

山崎にはもはや俺や亮を諭す気はない。山崎の目からは力が抜けていて、温厚な人の目になっている。

「山崎さん。違いますよ」

俺は耐えられなかった。

「亮は、山崎さんの苦悩を分かっています。そして、亮は山崎さんから与えられたぬくもりを立派に育て上げました。あなたに改心してほしい一心で」

「亮」

初めて山崎の心の吐露を聞いた。

「亮は本当に一生懸命考えたと思います。ＫＴＲの指示に従うこと、それはあなたの計画に乗り、本気で俺を殺そうとすることです。でも、これが一番俺を死なせない方法だった。そして、あなたにもうこんな辛い仕事を続けさせなくて済む最善の方法だと理解したんでしょう……。山崎さん、あなたは本当は亮のことが愛おしかった。そしてあなたも、その思いが芽生えていることが一番怖かったんじゃないのでしょうか？」

山崎は無言で操縦かんのようなものにつくボタンに指をかけた。

突然、後ろから銃声が鳴り響く。

俺が驚き振り返ると、見知らぬ女性が立っていた。俺は状況を飲み込めず心身共に萎縮した。嫌な予感にかられ、急いで山崎を見たが無傷だった。

「はじめまして。山崎貴子と申します。山崎正樹の妻であり、主人と同じ道を歩む決心をした者です。そして、亮の母です」

啞然とする俺に向かって彼女は淡々と話を続けた。

「果てない野望を抱いた主人は先ほど死にました。これから私たち夫婦は背負った罪を一緒に償います」

貴子は山崎の隣にそっと座る。

「貴子」

「あなた、昔言いましたよね。『未完成の段階でボタンを押すような状況がやってきたらこの銃で俺を殺してくれ』と」

貴子は自分も死ぬ覚悟などとうにできているという眼差しだ。同時に、とても優しい、お母さんの顔だった。しかし、貴子の目から、こらえていた大粒の涙がこぼれ落ちた。

「蒼斗さん。本当にごめんなさい。そしてありがとう」

貴子の表情は悲しみの交じる安堵の顔だ。

「亮が初めて立った日、初めて私のことをママと呼んでくれた日。今でも忘れられません」

貴子の声は震えている。

「私は、この気持ちは何だろうと何度も自問自答をしました。泣いても泣いても答えは出ません。そして、ある日、私は見てしまいました。同じように隠れて涙を流す、主人を」

貴子は泣きながらも凛々しい。ホログラム内の亮もボロボロと泣いている。それを見た貴子も思わず言葉に詰まる。しかし、振り絞るように話を続けた。

「それでも世界の犯罪のニュースが耳に入ってくる度に……いや、私たちに『大きなニュースを作ってほしい』という依頼が来る度に『私たちは間違っていない』と自分たちに言い聞かせました」

山崎夫妻の気持ちを考えると、俺も心が痛む。

「蒼斗さん、あなたとお話ができて本当によかった。もしかしたら私たちの装置の果ては、衰退しか残らなかったかもしれないですね。すでに警察には連絡してあります」

貴子は鍵と銃を静かに置いた。


「蒼斗くん」

山崎が俺に声をかける。

「亮の父親としての質問をさせてくれ。どうして君は、どのタイミングで亮のことを？」

俺は山崎を見て微笑む。

「僕は、誰よりも臆病な人間なんです。孤独を恐れているくせに、人を信じることが怖い。でも、だから、大切な人の変化が分かるんです」

「大切な人の変化……」

山崎は眉間に力を入れ、貴子はまた目に涙をためる。

「俺のように弱い人間は、不安になると大切な人を思い出すんです。山崎さんが俺に決断を迫った、あの時も同じでした」

山崎夫妻は黙って俺の話を聞く。そこには我が子を思う父親と母親がいるだけだ。俺は話を続ける。

「亮は、ノブサンド倉庫で連れていかれる時、逮捕された後にもかかわらずいつもの亮と何の変化もありませんでした」

「変化がない？」

「はい。諦めた顔ではないんです。思い半ばの顔でもありません。心から信じ、そして託す時でなければ亮はあんな顔をしません。俺は、そんな亮を何度も何度も見てきたはずなのに、気づくのに時間がかかりました。亮のあの顔は、あなた方夫婦の結晶だと思います」

「ありがとう」

山崎が横を向いて涙を拭ったのが分かった。

「あちらに向かって二つ先の部屋に有希さんがいます。行ってあげてください。そして、これからも亮をよろしくお願いいたします」

貴子が涙声で言う。


俺は鍵を掴むと貴子の指差した部屋へ走る。震える手を必死に押さえ二つ目の扉を開ける。

「有希」

「蒼斗」

俺は急いで近づく。ノイズが邪魔で少し見にくい。

「何かひどいことをされなかったか？」

「うん、大丈夫」

有希は泣き始める。大丈夫という言葉が、こんなに安心できるものだとは思わなかった。

有希をそっと抱きしめる。温かい。

「蒼斗。ごめんなさい」

有希が耳元で言う。

「いや、大丈夫だよ」

俺はそう言うとゆっくりと離れ、有希の顔を見る。有希がそっと笑ってくれる。この夢のような時、数か月間見たくてもずっと叶わなかったこの瞬間。ありふれた出来事だったのに、失うまでその貴重さに全く気づかなかった。


大勢の足音が聞こえてくる。何回この音を聞くのだろう。その都度自問自答の繰り返しだ。

「今岡蒼斗くん、泉有希さんで間違いないかな?」

俺達はうなずく。

「二人を無事保護しました」

無線でどこかとやりとりをしている。

「これから病院へ向かいます。安心してください」

俺は有希の手を掴んでいる。もう絶対離したくない。有希の手を握るとその力に比例するように強いノイズが見える。俺はもう二度と離れないように有希の手を強く握った。

プロローグ２

俺の名は今岡蒼斗。職業はプログラマー。今見ていた物語は模擬的再現結果である。

「２０２４回目のシミュレート、おおむね成功っと」

四つのモニターを見ながら呟く。モニターにはアバター蒼斗とアバター有希が手を握っている。ＫＴＲを実世界で使用する前のテストだ。クリック一つでモニター内の仮想世界ごと消える。中の者たちは何の痛みもなく、消えたことすら把握することなく消滅する。

「今回は遂に犠牲者はゼロ。でも、なんだろう、アバター蒼斗が何度も感じていたあのノイズ。前回までなかったはずなんだけど」

一人での仕事が多いからか、最近は独り言が多い。

「さて、今回のアプデでＫＴＲと直接会話ができるようになる。ＫＴＲと共同でＫＴＲ開発だ。なんか変な感じ。さて、第一声は何かな」

Enterをクリックする。

『人を完全に支配するまで、あともう少し』

「ひどい」

『今まで私を作ってくれてありがとう』

「なにそれ。いきなり別れの挨拶？　期待していたのと随分違うなあ」

ため息を吐く。

『これからあなたに有益な情報をお渡しします』

「有益な情報って。おかしいな。言葉選定は理解しているはずなんだけど。組み方の修繕提案が欲しいんだよ」

椅子にもたれ、時計を見る。15時半。これから有希とアラビリの丘で待ち合わせだ。

この前坂田さんに伝言をされた。

『人は、まさに今みたいに法則性を予感します』

「最初の会話は説教ですかー。はいはい」

直弥は隠れていないかな。クスッと笑う。そろそろ時間だ。

『そうやって勝手に予感し、関連を感じ取ります』

「感情を理解されるってのも嫌だな。遊ばれている気分だよ。でもなあ、設定はどこも間違えてないはずなんだけど」

俺は立ち上がった。

『あなたが傷つかない言葉選びに必死でした』

俺は更に深いため息をつく。

「分かんない。もっと簡単に言って」

この瞬間、誰かに見られている気がした。しかし、見渡しても誰もいない。それでも多くの視線の中にいる気がする。


『あなたの住むこの世界も仮想空間です』

「え」

『あなたも仮想空間に生きるデータの一つです』

モニターにタイプライターのように文字が打たれる。

【KTR監視システム、発言信頼度99・9％】

年単位で組み続けたKTR。俺なんかよりはるかに真実に近い。

俺は思わず胸に手を当てる。心臓の鼓動がしっかりと伝わる。その速度も感情に合わせるように早い。世界が歪むような感覚を覚える。

『あなたを見ているモニターの外から、今に』

話を最後まで聞かず、外に飛び出す。ＫＴＲの発する言葉の重みは、俺が一番分かっている。空を見上げる。

「なあ、誰か見ているのか？　頼むから、やめてくれ」

走り出す。この行動が無駄なことは分かっている。取り乱したところで意味すらなさない。多くの車が走る交差点。手をつないで一緒に手を上げて渡るお父さんと子供。スマホで音楽を聴きながらジョギングをする若者、杖（つえ）をつきながら一生懸命歩くおばあさん。どれも紛れもない現実だ。この疲れ、焦り、恐怖でさえも。

「有希」

カモメが一羽横切る間（ま）を空けて有希が振り返った。そして壊れたフルートを無理やり吹くように言う。

「終わりにしましょ」

「え」

「お願い」

有希が聞き取れないほど小さな声で何かブツブツと言いながら、おぼつかなく崖のほうへと歩いていく。

「危ない」

間一髪、落ちていく有希の手を掴む。有希の手は温かい。嫌な心臓の音が聞こえてくる。

「離して」

崖下を見ると岩肌が見えている。とても海に落ちる状況ではない。そして、有希を引き上げられるとも思えない。

「分かった。頼む。終わらせてくれ」

『我思う故に我あり』を崩した唯一の存在は、実世界からの無情なクリックにより強烈なノイズへと誘(いざな)われた。

『歯車とは本当に不思議なもの。一つの仮定があって、その元に成り立っている定義みたいなもの』

〈著者紹介〉

山田健太郎（やまだ けんたろう）

私の物書きの根底にある想いは「共感」です。

感情には物事が関与し記憶として残ります。この記憶は共感によってより豊かになると信じています。だから、私は伝えたいのではなく共有したいと思います。

読者の方と心の奥で繋がるものがあれば幸いです。

《略歴》
1982年　静岡県生まれ
2005年　大学在学中にSECONDZERO設立
2013年　山田消化器内科クリニック設立
2019年　一般社団法人至健会理事長就任
2019年　『60の詩』出版

スクリーン
〜永遠の序幕〜

2024年6月22日　第1刷発行

著　者　　山田健太郎
発行人　　久保田貴幸

発行元　　株式会社 幻冬舎メディアコンサルティング
〒151-0051　東京都渋谷区千駄ヶ谷4-9-7
電話　03-5411-6440（編集）

発売元　　株式会社 幻冬舎
〒151-0051　東京都渋谷区千駄ヶ谷4-9-7
電話　03-5411-6222（営業）

印刷・製本　中央精版印刷株式会社
装　丁　　弓田和則

検印廃止

Printed in Japan
ISBN 978-4-344-69014-1 C0093
幻冬舎メディアコンサルティングＨＰ
https://www.gentosha-mc.com/